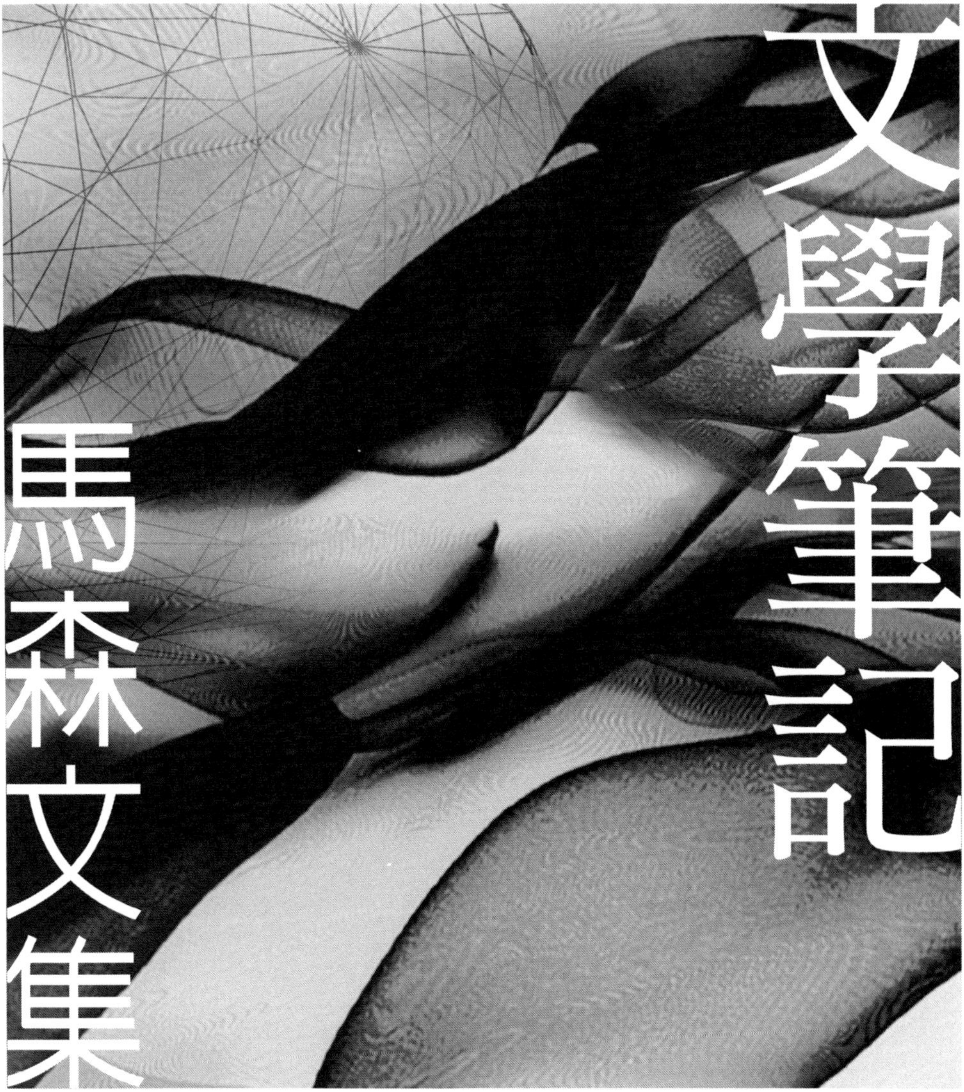

Sen Ma
學術卷04

以筆記式的靈光和鋒芒
提煉個性化觀點，穿透文學世界的表象
直探底蘊

秀威版總序

我的已經出版的作品，本來分散在多家出版公司，如今收在一起以文集的名義由秀威資訊科技有限公司出版，對我來說也算是一件有意義的大事，不但書型、字體大小不一的版本可以因此而統一，今後如有新作也只須交給同一家出版公司就行了。

稱文集而非全集，因為我仍在人間，還有繼續寫作與出版的可能，全集應該是蓋棺以後的事，就不是需要我自己來操心的了。

從十幾歲開始寫作，十六、七歲開始在報章發表作品，二十多歲出版作品，到今天成書的也有四、五十本之多。其中有創作，有學術著作，還有編輯和翻譯的作品，可能會發生分類的麻煩，但若大致劃分成創作、學術與編譯三類也足以概括了。創作類中有小說（長篇與短篇）、劇作（獨幕劇與多幕劇）和散文、隨筆的不同；學術中又可分為學院論文、文學史、戲劇史、與一般評論（文化、社會、文學、戲劇和電影評論）。編譯中有少量的翻譯作品，也有少量的編著作品，在版權沒有問題的情形下也可考慮收入。

有些作品曾經多家出版社出版過，例如《巴黎的故事》就有香港大學出版社、四季出版社、爾雅出版社、文化生活新知出版社、印刻出版社等不同版本，《孤絕》有聯經出版社（兩種版本）、北京人民文學出版社、麥田出版社等版本，《夜遊》則有爾雅出版社、文化生活新知出版社、九歌出版社（兩種版本）等不同版本，其他作品多數如此，其中可能有所差異，藉此機會可以出版一個較完整的版本，而且又可重新校訂，使錯誤減到最少。

創作，我總以為是自由心靈的呈現，代表了作者情感、思維與人生經驗的總和，既不應依附於任何宗教、政治理念，也不必企圖教訓或牽引讀者的路向。至於作品的高下，則端賴作者的藝術修養與造詣。作者所呈現的藝術與思維，讀者可以自由涉獵、欣賞，或拒絕涉獵、欣賞，就如人間的友情，全看兩造是否有緣。作者與讀者的關係就是一種交誼的關係，雙方的觀點是否相同並不重要，重要的是一方對另一方的書寫能否產生同情與好感。所以寫與讀，完全是一種自由的結合，代表了人間行為最自由自主的一面。

學術著作方面，多半是學院內的工作。我一生從做學生到做老師，從未離開過學院，因此不能不盡心於研究工作。其實學術著作也需要靈感與突破，才會產生有價值的創見。在我的論著中有幾項可能是屬於創見的：一是我拈出「老人文化」做為探討中國文化深層結構的基本原型。二是我提出的中國文學及戲劇的「兩度西潮論」，在海峽兩岸都引起不少迴響。三是對五四以來國人所醉心與推崇的寫實主義，在實際的創作中卻常因對寫實主義的理論與方法認識不足，或由於受了主觀的因素，諸如傳統「文以載道」的遺存、濟世救國的熱衷、個人的政治參與等等的干擾，以致寫出遠離真實生活的作品，我稱其謂「擬寫實主義」，且認為是研究五四以後海峽兩岸新小說與現代戲劇的不容忽視的現象。此一觀點也為海峽兩岸的學者所呼應。四是舉出釐析中西戲劇區別的三項重要的標誌：演員劇場與作家劇場，劇詩與詩劇以及道德人與情緒人的分別。五是我提出的「腳色式的人物」，主導了我自己的戲劇創作。

與純創作相異的是，學術論著總企圖對後來的學者有所啟發與導引，也就是在學術的領域內盡量貢獻出一磚一瓦，做為後來者繼續累積的基礎。這是與創作大不相同之處。這個文集既然包括二者在內，所以我不得不加以釐清。

其實文集的每本書中，都已有各自的序言，有時還不止一篇，對各該作品的內容及背景已有所闡釋，此處我勿庸詞費，僅簡略序之如上。

馬森序於維城，二〇一〇年七月二十三日

前言

《文學的魅惑》一書於二〇〇二年由麥田出版後，已經過了八年了。這八年中又陸續撰寫發表了不少同類的文章，如果都收在一本書中篇幅過於冗長，因此為了方便起見，趁此次由秀威資訊公司重新出版的機會，將此書中「文學筆記」的部分抽出，加上後來發表過而從未出書的篇章，另編成《文學筆記》一書，與《文學的魅惑》同時出版，特此說明。

編者

文學筆記

8

目次

二十世紀中國文學之最

目次

記逝去的文學先進

目次

目次

附錄

二十世紀中國文學之最

最有影響力的作家

二十世紀初中國在西潮的衝激下走上了現代化的道路。文學上的現代化產生了新小說、新戲劇、新詩和新散文，即我們通稱的「現代文學」。中國的現代文學有一項最大的特點，就是乘著社會運動及政治運動的翅膀而飛升，五四運動是第一隻翅膀，社會革命是第二隻翅膀。誰最能駕馭這兩隻翅膀，誰便最具有魅惑人的力量。

五四前後出現的新作家無不懷抱著過於急切的改造社會的雄心壯志，一旦出之於文學作品，便難免顯露出膚淺、粗糙之弊。其中思想較深沈、藝術較精鍊，而又能巧妙地駕馭著社會改革與政治參與的翅膀的作家非魯迅莫屬。

雖然陳衡哲一九一七年就在胡適主編的《留美學生季報》上發表了第一篇中文新小說〈一日〉，比魯迅的〈狂人日記〉早了一年，可是幾乎所有的現代文學史都把中國新小說開山祖的地位奉獻給魯迅，無他，乃因魯迅的影響力較大的緣故。

如果魯迅的作品並非辛辣地瞄準了傳統中國社會文化的弊端及其言論並不涉及社會及政治問題，在累次的政治與社會運動中便顯現不出他的力量。當魯迅一旦成為革命青年仰慕與追隨的導師，政治人物也不敢輕忽這一個現象。雖然魯迅早逝，但手段靈活的政治家，如毛澤東者，就立刻嗅出了魯迅的利用價值，不但為文大加吹捧，並在延安成立了魯迅藝術學院，用以培養中共的藝文人才。當毛澤東後來成為中國大陸人民心目中最敬愛的領袖與舵手的時候，領袖與舵手口中的革命英雄自然成為人人膜拜的對象了。

本來在文壇影響力更大的胡適，只因不得毛澤東的歡心，遂引起眾聲批胡，使胡適在中國大陸的名聲日墜。在台灣和海外，胡適雖然聲譽仍隆，但仍不能與魯迅頡頏。雖說魯迅的著作在台灣曾長時期遭到查禁，可是熱心文學的人誰沒有偷偷地讀過魯迅呢？

政治與社會運動的翅膀在正常的情況下對文學家並無助力，中國古代及西方皆然。李白與杜甫都不靠政治參與或社會地位而揚名，南唐的亡國之君李煜如未寫出那些纏綿悱惻的詞，恐世人不知他的大名。歐洲鼎鼎大名的小說家普魯斯特、喬哀斯等，與政治或社會運動毫無瓜葛。五四時期的中國，確是例外。魯迅而後借政治的氣勢而起的作家不知凡幾，但難保他們的作品能夠持久。魯迅在小說的創作上自有其不可磨滅的貢獻，他一旦成為最具政治與社會影響力的作家，也許，我這樣覺得，反倒掩蔽了他文學上應有的光輝吧！

原刊二〇〇〇年九月十四日《聯合副刊》

最浪漫的詩人

五四以降的新詩人中，論浪漫，無人可比徐志摩。

徐志摩深受英國浪漫詩人拜倫、雪萊等的影響，寫的多半也是浪漫的愛情詩，固然是使他贏得「浪漫詩人」稱號的主要原因，但他的性格與遭遇更增添了無人能及的浪漫色彩。先說為了追求戀愛的自由，徐志摩可以不顧家人的反對、世人的批評，不計個人的毀譽，與髮妻張幼儀離異，先後愛上了林徽因和陸小曼，這樣的勇氣，其他的詩人沒有過。最奇特的是，似乎沒有人苛責徐志摩是始亂終棄的負心漢，是現代的陳世美。什麼原因呢？是因為他的真誠嗎？是因為在世人的心目中他是個善良的人嗎？還是因為他是浪漫詩人，所以應該獲得原諒？也許這些原因都有一些，不但世人不忍對之苛責，連當事人張幼儀似乎也能夠體諒，仍然與徐志摩保持良好的關係。

使他的浪漫生涯無以復加的則更是一般人想求也求不到的死亡方式。徐志摩於一九三一年十一月十九日從南京飛北平，飛機在大霧中觸上濟南附近黨家莊的開山墜毀，徐志摩以三十四歲的英年早逝。雖然是一個悲劇，但是對徐志摩浪漫的生涯未嘗不是一個完美的句點，使他永遠以英挺的面貌常駐人間。

原刊二〇〇〇年九月十五日《聯合副刊》

最賣座的劇作

自從一九〇六年「春柳社」在日本東京演出國語話劇《茶花女》中的第三幕開始，我國的新劇就像一朵待放的花苞似地一天天顯露出美麗的顏色。可是五四運動前十年在上海轟動一時的「文明戲」不算成功，因為既沒有像樣的劇本流傳下來，也不曾有真正使人難忘的精采的演出。

真正叫好又叫座的一次話劇演出，據說是留美學戲劇歸來的洪深於一九二四年導演的《少奶奶的扇子》。布景的逼真、演員的生動、自然，都贏得觀眾的讚譽。但是這畢竟是改編自愛爾蘭劇作家王爾德（Oscar Wilde）的*Lady Windermere's Fan*，並非獨創的作品。

又隔了十年，一九三四年七月鄭振鐸、章靳以主編的《文學季刊》（北平立達書局出版）第三期發表了無名作家曹禺的《雷雨》（同期發表的還有李健吾的劇本《這不過是春天》和顧青海的劇本《香妃》）。這個劇本因其人物的深刻、結構的緊密、語言的生動、自然，立刻震動了文壇，特別受到當時著名的小說家巴金的讚賞。同年，留日學生在東京首先搬上舞台，前一年剛組成的第一個職業話劇團「中國旅行劇團」也隨即把《雷雨》訂為保留劇目，在北京、天津、南京、上海等地巡迴演出好多年，其轟動的狀況自新劇出現以來，前所未有，也為「中國旅行劇團」打下了經濟基礎。曹禺乘勝追擊，又一連寫出了《日出》（一九三五）和《原野》（一九三六）。曹禺因此被視為天才劇作家，並因《日出》一劇獲得我國第一次由媒體主辦的上海「大公報文學獎」。

在抗日戰爭期間，曹禺又先後寫出了《蛻變》、《北京人》以及根據巴金小說改編的《家》等名劇，使曹禺成為當日最受注目的劇作家。在他的劇作中，演出最多、最受歡迎的仍屬《雷雨》，不但以原版話劇演出，並且改編成其他劇種，例如評劇、越劇、彈詞等，也曾多次搬上銀幕與螢幕，成為本世紀最賣座的一本劇作。

原刊二〇〇〇年九月十七日《聯合副刊》

最長壽的作家

四體不勤，用腦過度的作家是否比常人短壽？沒有正式的統計資料可據。翻翻作家辭典，發現早夭的實在不少，詩人朱湘、小說家羅黑芷、柔石只活了二十九歲；胡也頻、梁遇春、穆時英二十八歲夭亡；葉紫、王尚義二十七歲，石評梅、劉夢葦二十六歲，馮鏗、王以仁二十四歲，朱大枏、馮憲章二十三歲，詩人殷夫只有二十二個寒暑，就都凋謝了。三十歲以上、五十歲以下死亡的當然更多。長壽的可就不多了，活過九十歲的屈指可數，例如章士釗活了九十二歲，葉聖陶、謝冰瑩、白薇各活了九十四歲，夏衍九十五歲，魯迅的三弟周建人九十六歲，包天笑九十七歲，冰心九十九歲。只有蘇雪林老師打破紀錄，足足活了一百零二歲（一八九七到一九九九，成功大學的訃文上說是一百零四歲，比虛歲更多了一歲）。當然，現在還有兩位長壽的老作家，巴金和沙汀都已經九十六歲，他們是否能夠打破蘇老師的紀錄尚不得而知。總之，一百歲是一個大限，超過這個年紀的作家，古今中外罕見。

蘇雪林老師年輕的時候我沒見過，我所見過的中年蘇老師是個瘦弱的人，臉色有些蒼白或蒼黃，看來有些病態的，誰都不敢想她老人家會老當益壯。據說蘇老師的意志力很強，晚年每天都要甩手幾百下，從未間斷，這個小小的運動就是她保健的良方。再加上她生活節儉，應酬不多，少有吃大魚大肉的機會，反倒使她胃腸不受干擾。聽說她每天定時喝茶幫助消化，每晚喝些酒促進血液循環，這些可能都跟她的長壽有關。

蘇老師中年後從事學術研究，所以不以作家自居。長壽本來是可以使著作等身的有利條件，可惜蘇老師早就不寫小說、散文或戲劇了，所以她的等身的著作多半還是學術論著及雜文。

蘇老師一生反共，在世時無法去大陸常住，遺言骨骸歸葬故里，因為地下的世界大概不實行社會主義。這個志願也在一九九九年為門生故舊完成了。

原刊二〇〇〇年九月十九日《聯合副刊》

最悲慘的作家之死

有些作家貧病而死，像朱湘、蕭紅；有些作家被暴力處死，像柔石、胡也頻；前者令人憐憫而無奈，後者使人悲憤。這些死亡恐怕都沒有被活活地鬥爭而死來得悲慘。鬥爭是共產黨發明的一種整人的方法，輕則把人鬥臭鬥垮，重則把人鬥死。

共產黨當政之後，主要的是鬥爭地主和資本家，為了保持名義上的無產階級專政，意欲把這些人從人間掃除。不幸的是文人作家多半出身資產階級，又不像郭沫若一般的敏感、知趣，一有風吹草動，立刻見風轉舵。一九五七年毛氏略施「引蛇出洞」的小小「陽謀」詭計，就曾使不少天真的作家上當。但大批發動對作家的鬥爭是在文革期間，不論右派還是左派，不管是真反動還是假反動，都脫不了被鬥的命運。有的成為終生殘疾，有的就送上了性命，老舍、田漢、傅雷等均在其列。

其中尤以老舍死得最為悲慘，也最具典型意義。老舍生於貧苦的旗人家庭，自幼就具有一種發憤向上的志氣，而終奮鬥有成，在他那個時代是最受注目的小說家和劇作家，並且一度被共產政權封為「人民藝術家」。不用說，老舍是個自視很高的人。不幸，文革一來，除了毛澤東以外，再也容不下任何權威，像老舍這樣的人自然成了鬥爭的對象。先是罰跪辱罵，繼則施用暴力，六十多歲的老舍幾度被紅衛兵打得頭破血流。然而最慘的是在暴力的壓制下，家人也不得不跟老舍劃清界線，使老舍落得孤伶伶一個人面對無休無止的鬥爭。比肉體的折磨更甚的是精神上的創傷，理想失去了，人格催折了，在這個世界上還剩下什麼呢？於是老舍很冷靜地自沉在北京的太平湖中。

王國維也是沉湖而死，不同的是王國維出於自己的選擇，據說是為了徇清，而老舍是被迫自盡。一九四九年中共建國的那一年，老舍本在美國，在很多人夢想投奔自由而不得的時候，老舍卻決定回歸祖國參加社會主義建設，誰知竟如飛蛾投火。老舍之死的典型意義，即在於二十世紀中國知識份子烏托邦的破滅，悲劇式的破滅！

原刊二〇〇〇年九月二十六日《聯合副刊》

最無行的文人

文人有文人的風骨，因此無行的文人特別遭人鄙視。一般同時代的人，雖有文人相輕之病，但礙於情面總會口下留情。有一個人出於儒家和天主教的背景，表現出疾惡如仇的姿態，對同時代的文人口下很不留情，這就是長壽的蘇雪林先生。

蘇先生一生反魯，稱魯迅「陰賊、巉刻、多疑、善妒、氣量偏狹、復仇心強烈堅韌，處處令人可怕。」但是對魯迅的小說，蘇先生卻讚譽有加，說是「用筆辛辣深刻」、「句法簡潔峭拔」、「體裁新穎獨創」，又說「我們靈魂深處的秘密和掩藏最力的弱點都逃不出他一雙銳眼的觀察。」可是另外兩位作家就沒有這麼幸運，一是郁達夫，蘇先生稱其為「色情狂」，訾其作品為「賣淫的文學」；另一位是郭沫若，蘇先生說他為人「見風轉舵」，其作品，詩則粗疏笨拙，小說、戲劇則「不堪一讀」。

郁達夫是自剖型的作家，難免公開洗自己的髒襯衫。對他的評論，蘇先生可能戴上了道德的有色眼鏡；對郭沫若的評論，則顯然口下留了一些情。郭氏在文革時被海外文人封為「四大無恥」之首，其一生用「吹拍奉迎，投機取巧」一詞足以概括之。史達林當權時，郭沫若竭力歌頌史達林，毛澤東在位時，更加賣力阿諛毛澤東，稱毛的詩詞「博大高深」，頌揚毛澤東為人間的太陽，可說不知肉麻為何物！文革初起，郭沫若立刻表態擁護四人幫，把自己貶得一錢不值，聲言一生所寫都該丟進茅坑，結果因此真正逃過了文革之難。

論才華，郭沫若確是出眾，無論詩、小說、戲劇、散文皆有所成；在歷史考據、古文字研究上，也有令人刮目的成績。無奈他的為人，實在無法令人恭維。古人稱君子「貧賤不能移，富貴不能淫，威武不能屈」，未免要求過高。郭沫若表現的卻是貧賤則移，威武則屈。貧賤的人企望富貴，懦怯的人屈服於強權，也算不了什麼大罪，可是因貧賤與懦怯甘願做暴政的幫兇，就無操守可言了，故其作為世紀文人無行之最，良有以也。

原刊二〇〇〇年九月二十七日《聯合副刊》

最暢銷的寫作人

每一個從事寫作的人無不希望自己的書暢銷，不暢銷呢，也無可若何。當然世間也有專門追求暢銷的寫作者，但是不一定都可達到目的。

其實暢銷的書不一定單單是因為作家的關係，更常常是因為文類的關係。小說比劇本暢銷，這是中外皆然的，並不因此就無人從事劇作。小說中又以通俗小說比較暢銷，可是仍然有人花畢生的精力在嚴肅小說的創作上。

二十世紀我國的暢銷小說，首推武俠與言情兩類。最不暢銷的武俠小說發行量也遠超過最暢銷的嚴肅小說。武俠小說，香港作家金庸堪稱泰斗，言情說部則由台灣作家瓊瑤稱后。如今金庸、瓊瑤的作品並不限於臺、港、海外，在大陸也一樣暢銷，以致引起大陸暢銷作家的恐慌，例如王朔聲言「港台作家的東西都是不入流的」，「言情和武俠，一個濫情幼稚，一個胡編亂造」。然而讀者的程度如此，又怎能獨怪作者？

二十世紀的暢銷書並不全靠平面的閱讀，書一暢銷，不久就會搬上銀幕及螢幕，使不愛讀書的人也可沾潤餘香。金庸和瓊瑤的作品都是如此，其改編成電影及電視的數量已不可數計。

至於二人之間，到底誰比較暢銷？我無法回答。有人可以回答嗎？

二〇〇〇年九月六日

原刊二〇〇〇年十月三日《聯合副刊》

最具親和力的作家

作家孤僻的多，具有親和力的則如鳳毛麟角。過去據說老舍為人詼諧、幽默，很有親和力，所以在抗日戰爭時期被左右兩派共同推選為「中華全國文藝界抗敵協會」的總務主任（相當為主席），領導文藝界進行抗敵工作。我自己沒有親身經驗到，故不敢妄論。

在我所認識的當代作家中，倒是有一位很有親和力的，那就是曾經擔任多年《聯合報副刊》主編的林海音女士。我跟林女士並不多麼熟悉，也沒有做過她的座上客。但是聽其他文友提起，林女士在做主編時對提攜後進不遺餘力，平時慷慨好客，景從者眾。我自己從少有的幾次接觸中，也立刻感覺到她散發出來的親和力。她總是態度優雅從容，一口京片子，猶如動聽的歌聲。京片子匯聚了數百年作為元、明、清帝國國都的文化精粹，比任何地方方言都要優美好聽。因此林女士的音容笑貌，不引人發生好感也難。我想，如果林女士生在上個世紀的法國，一定是巴黎文學沙龍的成功的女主人。

我認識林海音女士的時候她人已過中年，仍然雍容美麗。後來我看到她年輕時候的照片，的確堪稱世紀最美的女作家之一，夏承楹先生非常有審美的眼光。

原刊二〇〇〇年十月四日《聯合副刊》

最博學的作家

作家不必是學者，但是二十世紀中國作家中學者不少。有些是因為寫作的關係自修成為某一學門的學者，例如沈從文本沒有正經的學歷，共產黨當政後不准再寫作，只好去研究古代的服飾，而有所成。寫歷史小說的高陽，也沒有什麼學歷，但是對《紅樓夢》的研究自成一家言。也有少數的人本具有高等學位，且在學府中有一定的地位，而同時從事寫作者，例如胡適、梁實秋等，一般都首先為人視作學者，反忘了他們也是作家。有一位作家與學者的身份並重，而且人人均折服其博學的，那就是錢鍾書。

湯晏的《錢鍾書新傳》中說錢鍾書自幼即聰慧過人，在清華大學時文名滿校園，有「清華才子」之稱。但不知為什麼，後來錢鍾書留英、留法，都沒有拿到學位，也許是不屑於受學院的拘泥吧！正如《圍城》中所表現的對學院的看法。

錢鍾書家學淵源，他的父親就是寫過中國文學史的錢基博。錢基博對錢鍾書的督責甚嚴，自幼打下了堅強的國學基礎，長而遊學海外，英、法文具佳，德文也能通曉，加上記憶力超人，可以說常常引經據典，出口成章，令人折服。

其實錢鍾書一生只寫了七本書：一本散文《寫在人生邊上》、一本短篇小說集《人・獸・鬼》、一本長篇小說《圍城》；三本文學評論《談藝錄》、《舊文四篇》、《七綴集》和一部規模龐大的古籍研究《管錐編》。只要跟錢氏通過信或談過話的人，無不稱其博學，我自己二者的經驗皆有，故可在此證明。夏志清先生稱其為「當代第一博學鴻儒」，我很同意。

原刊二〇〇〇年十月五日《聯合副刊》

最孤僻的作家

寫作是一份孤獨的工作，因此性格孤僻的作家所在多有。然而大多數的作家，不論多麼孤僻，總不易忍受冷落的滋味。只有一個，我覺得性格既孤僻，又不怕冷落，那就是張愛玲。

怪的是她愈是躲避，人們愈是好奇，竟有人不惜追蹤窺探，連她丟棄的垃圾都撿回家當作紀念。

據說張愛玲的孤僻來自幼年的生活，出身破落的豪門，父母離異，從小即缺乏家庭的溫暖。在成長的過程中，又連遭日本侵華及國共鬥爭的大變故。第一次婚姻偏偏又愛上一個也能寫作的胡蘭成，胡一度替日本人工作，被國人視之為漢奸，張愛玲也受了連累，可能覺得有些抬不起頭來。自從張愛玲逃出大陸移居美國之後，第二次婚姻的對象是美國人賴雅，不知是有意還是巧合，也是一個作家。不幸這個美國作家不久人世，使張愛玲成為一個流落異域的孤魂。張愛玲來往的朋友很少，似乎只有香港的宋淇夫婦和紐約的夏志清先生。其實也不過通通信而已，見面的機會也不多。

到了晚年，對所有的客人皆閉門不納，更成了謎樣的人物。最後在無人知聞的情形下孤獨地死在單人公寓裡。

原刊二〇〇〇年十月二十一日《聯合副刊》

最幸運的作家

將近百年的諾貝爾文學獎，竟然從沒有一個中國作家獲獎！有人覺得是瑞典人對中國人的歧視，有人坦然承認五四新文學以來還沒有真正有份量的作家出現。近二十年來，物理及化學等科學學門，獲得諾貝爾獎的中國人已有五六人之多，唯獨文學獎與中國作家無緣，以致造成我們文學界的幾近病態的反應，我稱之謂「諾貝爾文學獎歇斯底里症候群」。發病的時間在每年九月末到十月初，發病的地點在台灣。一到諾貝爾文學獎快要揭曉的時候，各報的記者、編輯就要騷動起來，四處打探得獎人的消息。一旦揭曉，各報的副刊馬上燃燒著獲獎人的生平、年表、作品介紹、訪問稿等等，餘燼數日不熄。對獲獎人的報導可說鉅細靡遺，遠遠超出西方報導的尺度，在這種極端熱情的背後，卻隱隱透露出難以掩飾的艷羨與憾恨的雙重心情。

去年我曾預言十年內一定會有中國作家獲獎，誰知來得比我想像得還要快，只有一年高行健就摘下了諾貝爾文學獎的桂冠。高行健真可說是二十世紀中國最幸運的作家了。

說是幸運，是因為有資格獲獎的絕非高行健一人。最早的魯迅，因為早死而來不及獲獎。其他有資格的作家不是因為缺乏西方文字的翻譯，就是翻譯太糟。譬如老舍的作品幾乎都有英譯本，可惜譯文太差，《駱駝祥子》的悲劇，竟被Evan King譯成喜劇結尾，把作者本人氣得幾乎吐血，自然難入諾貝爾文學獎的評審委員之目了。不幸的是後來的法譯本與德譯本均從此不及格的英譯本而來。一九六六年老舍又慘死大陸，從此與諾貝爾文學獎絕緣。據說沈從文也曾進入諾貝爾文學獎的候選短名單，可惜他的作品西譯太少，而外文能力很強的瑞典評審老頭唯獨不懂東方語言。到了一九八八年，幸好評審委員會中終於有了一位懂中文的委員馬悅然，他也曾盡力為沈從文護航，不幸的是沈從文等不到十月最後投票的日期，五月就與世永訣了。

一年年都沒有中國作家獲獎，使馬悅然倍感壓力，一方面覺得對不起那些認真努力的中國作家，另一方面也覺得辜負了他自己漢學家的職責。二十年前他已經決定靠人不如靠己，為了使評委會中的諸委員認識中國的當代文學，不如自己動手來把他所喜歡的作品直接翻譯成瑞典文。據我所知，他最早傾心的是四川萬縣詩人楊吉甫的作品，入迷到不論寫信還是為文都忍不住引一句楊吉甫的詩做結。可惜楊吉甫短命早逝。等到大陸改革開放以後，英國的中國文學協會是最早邀請大陸作家訪問的團體，於是像曹禺、楊憲益、張潔、北島、古華、高行健等一個個老中青作家成為訪英的首批客人。馬悅然常常來倫敦，當然不會錯過機會，也就順便邀請一些他欣賞的年輕作家順便訪問瑞典，因此他認識了北島、高行健等，他也就著手開始翻譯他們的作品。他真正有興趣的作家似乎有北島、高行健、李銳，還有台灣詩人商禽等。

以上所舉的大陸作家訪英時我正好在倫敦大學執教，所以也曾經接待過他們。一九八七年返國後，除在成功大學執教外，一度擔任聯合文學的總編輯，於是把高行健託我介紹在台灣出版的兩份稿件中的一份短篇小說集就近交給聯合文學出版社出版，就是高行健於一九八九年在台灣出版的第一本書《給我老爺買魚竿》。這本書很快就被馬悅然譯成瑞典文出版了。至於第二份稿件是劇本，問了幾家出版社，都沒人肯接受，到現在還睡在我的抽屜裡。但是過了不久，忽接馬悅然的來信，他說他手中剛拿到一份高行健的長篇小說《靈山》，很想譯成瑞典文，只苦於手稿太過潦草，讀起來十分吃力，因此希望我能協助他先在台灣出版，然後再進行翻譯。我讀了手稿後，覺得藝術性很高，但可讀性不大，是否又是一部滯銷書？推薦給誰呢？我想起聯經出版公司多年前出版我的劇作時，劉國瑞總經理告訴我的話：「凡是有價值的書我們都願意出，不管銷路如何。」好了，就推薦給聯經吧！聯經在猶豫了一陣後，也許覺得退還給我太不給我以及馬悅然面子了，於是也就如此出版了。這本書自然沒法使聯經賺錢，但卻促成了瑞典文及法文的翻譯早日連續出版。除了小說以外，馬悅然也根據大陸的版本翻譯過高行健的劇本，使高行健成為擁有瑞典文翻譯最多的中國作家。不懂中文的其他諾貝爾文學獎的評審們，可以很容易的進入高行健的世界。這自然奠定了他今年獲獎的基礎。

雖然諾貝爾文學獎的評審過程一向是黑箱作業，且對外保密。我推測今年晚一個星期揭曉並非無因。恐怕正是由於意見紛歧，需要進行彼此說服及多次投票而拖延了時間。像巴金、王蒙、北島、李銳等很可能都在最後的名單中。在這樣不相上下的競爭中，微妙的心理因素便扮演了關鍵性的腳色。巴金已是將近百歲的人瑞，可能會贏得一些同情票，但巴金肯定早就陪榜多年，真能得獎，不會等到現在。王蒙曾任中共文化部長，頒獎給他豈不等於錦上添花？北島得獎，會不會有負海峽兩岸更資深的詩人？至於李銳，絕對也佔了極大優勢。但考慮到中共對人民的態度，也許像高行健這樣一個流亡海外的作家更能贏得世人的同情，也更能表現瑞典人不向極權及暴力低頭的姿態。

高行健的獲獎，馬悅然固然是最大的功臣，但種種環境和人為的因素都成為促成最後結果的遠因。而所有諾貝爾評審委員的心理因素則是促成結果的近因。雖然說中國人已到了該獲獎的時候，但在眾多有成就的中國作家中獲獎的是高行健，而非他人，不能說不是高行健的幸運了。

記逝去的文學先進

腐草化爲螢

文學與科學儘管有千萬種的不同處，但至少有一點是可以相通的，那就是在對「眞實」的觀察與發現上，其基本精神與主要趨向是一致的。

科學通過觀察與實驗建立起典範（paradigm），然後通過此一典範來解釋理解「眞實」之面貌。進一步的觀察與實驗，可能打破原有之典範而建立一新典範，於是「眞實」之面貌就會因此而爲之一新。譬如說哥白尼代表一典範，牛頓代表另一典範，到了愛因斯坦則建立了更進一步的新典範，於是人類對自然世界和宇宙天體的認識因而大爲改觀。

在文學上也是一樣。如果說雨果代表了浪漫主義的典範，那麼福樓拜與左拉所代表的寫實主義與自然主義的典範不管對人生觀察的角度、理解的深度，與夫所採用的表現方法，都與浪漫主義的大爲不同。但到卡夫卡，又有一新典範出現，對人生觀察的角度與視野，除了外在的現象和內在的爲理性所支配的心理活動外，直指非理性或潛存意識的領域。卡夫卡的典範又爲意識流作家們像喬哀斯、吳爾芙等擴大而深刻化之。到了沙特與卡繆的作品出現，於是附於近代哲學上「存在主義」之翼，對「眞實」之面貌又有一番新的體認與表現。二十世紀的這兩大潮流，至今仍然統馭了今日的文壇。例如當代耀眼的貝克特和比較有成就的作家如阿根廷的詩人波赫士、法國的劇作家尤乃斯科、美國的小說家索爾·貝婁，和剛得諾貝爾文學獎的哥倫比亞的馬奎斯等人的作品都尚不出此兩大潮流所開拓出來的世界。法國的阿蘭·羅布葛里葉（Alain Robbe-Grillet）曾嘗試建立另一新典範，但他的企圖是否能夠成功則尚在考驗中。正像科學一樣，文學的發展也是不會停止的。不用擔心，將來自會有建立在前人經驗上的新典範出現，使我們的耳目再爲之一新。

在科學上如果我們今日再以哥白尼或牛頓的典範做爲認知世界的基礎，可說是匪夷所思。在文學上也是一樣，緊隨雨果、福樓拜或托爾斯泰的腳步，也是枉費工夫！

然而在當代的文學作品中，仍不乏以哥白尼的理論基礎來觀察世界的作家。這種現象不獨見之於文學，也見之於電影與電視連續劇節目中。其中最常見而又最爲蔑視讀者或觀眾的認知水平的莫若對人性「善惡二分法」的理解。這種對人性的理解方式，就文學的進程而論，應該是屬於浪漫主義或更早的古典主義的典範，十九世紀的寫實主義已經對這種觀點有過極大的突破。今日在文學中呈現的這種偷懶的和不負責任的「善惡二分法」，看來就如在科學上堅持腐草化爲螢一般地教人無法理解，不能接受。但是也不能說不能爲所有的人接受，不然的話怎麼會有市場呢？不過問題乃在於傳播這樣的觀點，就等於把哥白尼的理論做爲科學教材的基礎，使我們人民大眾永遠停留在十七八世紀的人生視野中。

在科學上沒有人不同意把今日努力的起點建立在最近的典範和最新的成就上。在文學上難道就該永抱著「腐草化螢」之眞實，不情願對「人生」與「人性」之眞相做進一步的觀察和探求嗎？

原刊一九八三年二月二十二日《中國時報・人間》

讀杜斯妥也夫斯基的隨感

從十五歲到二十二歲——也就是高中和大學這兩個階段——是我接近西方文學的一個重要的時期，其間所看的翻譯小說最多。因爲戰亂的影響，我的中學時代是在流徙中度過的。初中三年上過三個不同的學校，高中三年竟換了五次，而且南北相隔千萬里。也就是說，我的中學時代，曾先後在八個不同的學校中念過書。六年中眞正坐在教室中的時間恐怕總共不到四年，其餘的時間不是在旅途中奔波，就是用我自己獨特的方式進修——看小說。到了大學時代，生活安定了，功課又很容易應付，時間總像用不完似的，就更有看小說的餘暇了。直到大學畢業以後，才眞正爲工作而忙碌，不再有多少閒暇沉湎在小說之中。

我開始看西方的小說，並沒有人指導，全靠自己摸索。借來的或買來的小說，能看得下去的就看，看不下去的就擱置一旁。間或從別的書上看到一點評介，或聽朋友談起某一本小說，算是偶然的參考，主要的則完全順從一己的興趣。然而興趣卻是隨著年齡和人生經驗而轉移，我對西方小說的興趣就發生過幾度轉變。我記得剛進高中的時候，喜歡的是探險式的作品，像狄福的《魯賓遜漂流記》，大仲馬的《三劍客》、《基度山恩仇記》等是頗能引我入勝的小說。後來也接著看了些比較深刻一點的，像雨果的《悲慘世界》，狄更斯的《塊肉餘生錄》等。但在進入大學以後，就對這些以情節取勝的作品失去了興味，轉而愛讀以人物為主的作品；特別是帶有英雄式的浪漫色彩的人物，更能吸引我的注意。其中特別醉心羅曼．羅蘭的《約翰．克利斯朵夫》和屠格涅夫的《羅亭》、《貴族之家》、《父與子》等。這些作品不但開拓了我青春期的情感世界，也引發了我對英雄人物的嚮往。在情緒的震撼中獲得一種自擬式的滿足，心中充滿了對高潔的情操之嚮往。在這樣的情懷中，很容易地就使我接近了以道德家自居的托爾斯泰，在他的《復活》中獲得一種宗教感的共鳴。托爾斯泰的理想之所以易於贏得富有熱情而缺乏經驗的青年人的傾心，實因青年人多半生活在幻想中，只見理想之美，而沒有足夠的經驗來洞察任何理想，在其實現中都可能帶來與之俱生的惡果。我自己許多浪漫的遐想和宗教式的道德感，在一接觸福婁拜和左拉的作品時就顯得蒼白而無力起來。福左二氏的作品好像把我從美妙的夢幻中拉入了現實世界中來。二人的小說對人生與社會都有突破中世紀的教條與浪漫主義的幻覺的觀察與客觀而直入的描寫，使讀者者領悟到人並沒有羅曼．羅蘭或托爾斯泰所嚮往的那般高潔神聖！人還有另外既不高潔又不神聖的一面。也許這是更重要的一面。如果不敢面對這另外的一面，人生便只能停留在一廂情願的遐想階段。因而使我覺得福左二氏的作品，才是人類發展過程中更爲成熟的思想下的產品。所以在西方文學所給予我的啓示和震撼中，到了福婁拜的寫實作品和左拉的自然主義作品，算是達到了頂峰。然而在十九世紀的作家中獨獨有兩個人的作品無法維持我卒讀的興趣，一個是巴爾扎克，一個就是杜斯妥也夫斯基。

其實在發現屠格涅夫和托爾斯泰的同時就發現了杜斯妥也夫斯基；對巴爾扎克的發現則似乎更早於福婁拜與左拉。但當時無法卒讀兩人的作品卻由於不同的原因。巴爾扎克過於瑣碎的描寫——特別是對環境的描寫，一間房子的布置可以寫上幾十頁——使我失去了耐心。杜斯妥也夫斯基過於戲劇化的情節和過於激情的人物，則使我覺得遠離了人生的眞實。

那時候我只看到杜斯妥也夫斯基的短處，而沒有看出他的優點，主要的原因自然是由於當時我的口味和思想都控馭在十九世紀寫實主義的潮流中，對文學作品的評鑑不知不覺中就以寫實主義的單一標尺予以衡量。我雖生於二十世紀，我的青少年時代卻籠罩在西方十九世紀的思想中。我的這種傾向也並非無因的，實在說做爲中國現代思想啓蒙的五四時代思想，主要的就是承接西方十九世紀的思想而來的。在西方經過了近兩百年的啓蒙運動的醞釀，特別是孟德斯鳩（Charles de Secondat Montesquieu 1689–1755）、盧騷（Jean-Jaques Rousseau 1712–1778）、伏爾泰（François-Marie Voltaire 1697–1778）等人的自由民權法制學說的沖激，到了十九世紀整個歐洲的思想界，已漸次脫出了教會神學的控馭。再加上達爾文（Charles Darwin 1809–1882）的生物進化論和斯賓塞（Herbert Spencer 1820–1903）的社會進化論的影響，以及科學界諸如巴斯特（Louis Pasteur 1822–1895）在生物學上和居禮夫婦（Pierre Curie 1859–1906, Marie Curie 1867–1934）在物理學上的突出成就，客觀的科學精神和實證主義大爲流行。在文學上與之相應的就是以福婁拜和左拉爲主的寫實主義。寫實主義特別重視客觀地對待主題和人物，強調對人類社會做生物性的考察。小說中的焦點遂從探險獵奇和對理想的追求，轉移到對社會環境生物遺傳影響的探索和對人類情慾的大膽表露。在這樣一種思想背景中，去看以東正教的教義爲思想基礎，強調神性與魔鬼鬥爭的杜氏的作品，自然有些扞格不入。同時在作品的結構上，戲劇已經在寫實主義的影響下，盡量引入小說的筆法，杜氏卻大量運用戲劇性的高潮於小說。使他的小說顯得奇突刺激而欠缺眞實生活中的自然。這恐怕也就是爲什麼十九世紀的評論家，很多置杜斯妥也夫斯基於屠格涅夫和托爾斯泰之後的原因①。

我之接近二十世紀的現代主義，是於一九六〇年出國之後有能力直接讀到英法文的作品以後的事。在我的青年時代，國內還沒有西方現代作品的迻譯。不但不知喬哀斯、吳爾芙爲何許人，連卡夫卡、卡繆、沙特、貝克特的作品都沒有見過中譯。在我接觸到現代的作品之後，才逐漸脫出了寫實主義的巨大影響，了悟到二十世紀的存在主義和現象學對寫實主義、自然主義以及實證主義之反動，並非出之於偶然，而實在是人類思想進一步發展的自然趨勢。現代主義作品中的內省與沉潛，並非否定寫實主義的現實性，而是踏著寫實主義朝上邁進一步的文學上的發展。如果說十九世紀的寫實主義是富於社會意義的，現代主義的作品則是在社會的意義之外，又加上個人意識的自覺。如果說前者具有面對社會眞實的巨大勇氣，那麼後者則除了面對社會的眞實之外，還有面對自我的巨大勇氣。如果前者盡力忠實地反映了社會中的人際關係，後者則盡力朝人類意識的汪洋中探索。就在這現代主義的巨浪波湧中，人們忽然發現了十九世紀兩個前衛的大浪頭，在戲劇上是史特林堡，在小說上則是杜斯妥也夫斯基。這時候我再拿起了杜氏的作品，感覺就完全不同了。杜氏對人類心理的探索，和對人類犯罪傾向的分析，的確遠遠地走在他同代人的前頭。然而今日所見杜氏的成就及其對二十世紀文學家的巨大影響，與其說是出自他自覺的意識層面，不如說出自他不自覺的潛意識之中。杜氏的一生，痛苦多於歡樂。牢獄之災、羊癲瘋的侵襲、第一次婚姻的慘痛、負債的壓迫，無不絞曲著他一顆敏感的心，使他對人們心理上的痛苦有特別深切的感受與瞭解。特別由於他跟父親晚年情感的惡劣，在他父親爲農奴殺害後，使他自己心中懷了一種罪惡感②，是以他特別重視人們犯罪心理中善惡的交戰。他本人可以說就是個掙扎在犯罪邊緣的人③，因此沒有一個十九世紀的作家比杜氏更能眞切地表現出愛恨相生、善惡相依的這種辯證邏輯。杜氏這種心理的積瘀形成了一種強韌的創作力量，使他不由己地寫出了一連串絞曲的心靈的心靈上的絞曲。這一特點，並不爲十九世紀的評論家所欣賞，卻恰恰使他的作品開出了二十世紀文學偏重心理分析的先河，並且遠遠超越了蘇俄的疆土與文化的領域，而成爲具有普遍意義的世界性的重要文學作家之一④。相反的，當日爲評論家和讀者喝彩的杜氏作品中的宗教意義與俄國鄉土主義，卻並不見得能引起今日讀者的共鳴。他的過於戲劇化的情節，也仍然是讓人難以消受的。這也就是說，杜氏有意爲之的匠心，多半都沉沒在歷史的陰影中了。

較之二十世紀的作家，十九世紀的作家一般在思想上要狹隘得多，因爲那時候愛因斯坦（Albert Einstein 1879–1955）的相對論還沒有出現，佛洛伊德的理論也尙未普及，更沒有多元社會這一觀念，因此每一個作家都常常自以爲是，沒有多少容人的雅量。杜氏的這種傾向更爲顯著。在同時的俄國作家中，杜氏是有名的維教派、保皇黨，較之於思想開明的屠格涅夫，甚至於道學家的托爾斯泰都遠爲保守。當時，在其他思想較爲進步的人士的眼中，杜氏似乎是被看成一個反動派的。幸而他的作品並不只是他思想的產物。更合理的說法是，他主要的作品無不是他淤積的情緒上的自然的流洩，使他不由己地道出了不受理性束約的心理上的「眞實」。這一點比起他同代其他人的作品來，反倒更接近二十世紀的心靈。正如Stanislaw Mackiewicz所說，「在思想上他是反動的，而寫出來的作品卻是超級革命的」⑤。

一百年後的今日，不少人仍有遭遇到與杜氏相似的心理癥結的困擾。但今日的人有一點與杜氏是大不相同的。在杜氏的眼中，犯罪是魔鬼的產物，是人性中的一種癌症，這是由基督教義相傳而來的觀念。二十世紀的人，經過了人類學和社會學研究成果的影響與陶冶，多半能夠跳出中世紀教義的迷障，可以從另外一種角度來審視犯罪的行爲。由今日的眼光來看，犯罪不一定就是惡劣的、否定的，也可以把犯罪看作是一種人類生長過程中必要的激素。如果沒有犯罪，人類的社會恐怕就要停滯不前了。一個全善的天堂，實在對人類並沒有什麼意義。在這樣的視角中，善與惡的劃分便無法像十九世紀人類頭腦中的那般黑白分明。同理，地獄也許並不比天堂更爲可怕。在地獄的恐怖中解放出來的人類，有了更大的自我放縱的自由，但同時也產生了層次更高的自我意識和責任心。因爲自由與責任實在是一事之兩面。有了較大的自由，也就有了更大的責任。民主與自由可以視爲獨立與責任的同義語。所以今日我們來看杜氏的思想，便不免覺得過於簡單與天眞。但是若沒有杜氏這一類對善惡的爭鬥做認眞的思考與深刻釐析的十九世紀的作家，也許就難以開得出二十世紀更高一層的自覺自識。由此觀之，杜氏的思想也可以說正是步上二十世記文學思想的階梯了。

原載一九八一年十二月《現代文學》復刊第十六期

注釋

①據說當時屠格涅夫的稿費是五百盧布一頁，杜斯妥也夫斯基只有一百五十盧布一頁，可見當日二人的身價甚爲不同。

②意識中弒父的罪惡感構成了《卡拉馬助夫兄弟們》一書的主題。很多評論家認爲這是杜氏一本自剖的小說。杜氏的女兒 Aimée Dostoyevsky 在 *Fyodor Dostoyevsky*（New Haven Yales University Press, 1922）一書中，認爲老卡拉馬助夫有影射其祖父之處，而伊凡．卡拉馬助夫則是杜氏的自寫。其他評論家也有認爲卡拉馬助夫兄弟均代表杜氏之一面者。

③除了株連在反沙皇的皮特拉柴夫斯基（Petrachevsky）一案中外，杜斯妥也夫斯基並不曾眞正以身試法過。所以他與當代以犯罪做爲成賢成聖手段的法國劇作家讓．惹奈是不同的。杜氏以後終其生是一個保皇黨，很多人不明白何以杜氏竟捲入一個革命造反派的案件中。論者多以爲杜氏有犯罪的傾向，讀杜氏的小說，可知杜氏主要的興趣就是犯罪心理的分析。其代表作《罪與罰》和《卡拉馬助夫兄弟們》可以說是兩部對人類在無能克制的犯罪的泥淖中，自我掙扎的最忠誠的紀錄。

④有的論者以爲杜氏的作品之所以具有世界性的意義，乃由於其主題多取自聖經。這自然是西方人的看法，無意中把與聖經無關的東方排除在世界之外了。

⑤見 Stanislaw Mackiewicz, *Dostoyevsky*, New York, Haskell House Publishers, 1974, P. 73.

理想主義者的黑暗心靈

羅莫拉．尼金斯基（Romola Nijinsky）在有「舞者之神」美譽的尼金斯基的傳記裏（*Nijinsky*, London, Victor Gollancz Ld, 1980）提到尼金斯基在神經失常之前，深深地受了兩個托爾斯泰信徒的影響。這兩個托爾斯泰式的人道主義的信徒勸告尼金斯基放棄舞蹈的生涯，回歸大俄羅斯的農村去爲人民服務，教導尼金斯基應該刻苦、素食、熱愛人類。全心傾注於尼金斯基的藝術生命的羅莫拉恨極了這兩個人，連帶地把托翁也恨進去，不禁對托爾斯泰這一類的理想主義者大事撻伐說：這樣的人，連自己的妻子兒女都不愛，卻要去愛全人類，不知長著一顆多麼黑暗的心！

我對托爾斯泰的作品一向並不偏愛，但卻也相當欣賞；特別是《復活》中所表現的那種懺悔自罪的情懷，很令我感動。後來讀羅曼．羅蘭的《托爾斯泰傳》，因爲作者爲托爾斯泰有意無意地塗抹上一層神祕的英雄色彩，因此連托爾斯泰的人也覺得十分可佩了。近來讀到托爾斯泰的日記，才不禁使我原來的印象大大地動搖起來。

最近出版的厚達七七二頁的兩大冊英譯《托爾斯泰日記》（*Tolstoy's Diaries,* **Edited and Translated by R. F. Christian Athlone, Press, 1985**）是從標準的蘇聯原版《托爾斯泰全集》裏佔據九十冊中十三大冊的日記部分節譯出來的。托爾斯泰從一八四七年在卡贊（**Kazan**）大學做學生的時候開始記日記，除了在一八六五和一八七八年撰寫《戰爭與和平》和《安娜·卡列妮娜》等名著的十三年間中斷之外，一直持續到一九一〇年死在艾斯塔波屋（Astapovo）車站的時候，長達五十年。

日記的作者與小說的作者簡直判若兩人。小說中，除了強烈的道德感以外，至少還有客觀的歷史性的描寫和藝術的感染力，日記中卻全是一派痛苦不堪的心的掙扎。

從一開始記日記，托爾斯泰就開始跟自己的罪惡戰鬥。他鄙棄私通，可是又管不住自己，每逢跟一個農家女或吉卜賽女孩發生關係之後，無不深自痛悔，但並不妨礙他下次再犯。因此他深恨一切，他恨性行爲。他恨使他破戒的女人，他也恨他自己。總之，他是一個抓著自己的頭髮企圖從罪惡中超拔的自救者，其可憐與痛苦可想而知。

在托翁的日記中，女人是個可厭棄的生物，先天具有罪惡，而永遠與眞理無關，這種形象包括他的妻子索妮亞在內。只有一個女人是聖潔的，那就是他的母親，可惜又在他兩歲不到的時候就去世了。對托爾斯泰而言，他的母親只是一個幻像，「任何肉體的形像都會褻瀆我的母親！」托爾斯泰在日記裏這麼寫道。心中懷著如此不著邊際的聖母，也就難怪他那麼憎厭跟人世間女性的親密關係了。

最可怕的是托爾斯泰與自我的掙扎，他時時努力在擺脫自我、超越自我，結果他的自我感比誰都強烈。到了晚年，他已經是一個大大的名人，仍忍不住每天抓起報紙先找一找有沒有自己的名字。使我不禁聯想到那些口口聲聲「爲公」的革命家，到頭來表現得比誰都更爲「自私」。如果你說他虛僞，可是他非常憎恨虛僞，他只是爲沒有辦法擺脫虛僞而痛苦。如果你說他的理想主義是騙人的把戲，可是他眞正痛苦地表現出他的嚮往，只是他永遠達不到那種境界。《復活》是他的理想，卻不是他的作爲。他像一個耽於自瀆的人，天天信誓旦旦戒絕惡習，而終生無能爲力，卻從來沒有想到自瀆也許並不是那麼可怕的罪惡。

從托翁的日記上看來，他是一個幾近瘋狂的人。他自己如此痛苦，卻一心想做別人的榜樣，巴望眾人都要遭受同樣的折磨，才會成賢成聖。比起法國作家讓·惹奈自甘墮落入萬劫不復的深淵，可說是人間的兩種極端。不過後者不會以聖人自居，也不肯做人倫的榜樣，所以沙特反要稱他作「聖者惹奈」了。

偉大的作家並不在作品中避諱一己黑暗的心靈，只是有時讀者不察，把黑暗當成光明而已。近年來也頗有學者談到魯迅的黑暗心靈，但比起托爾斯泰來，前者的黑度遠不及後者的濃厚。其實黑暗的心靈並不妨礙一個作家的偉大，只要我們讀者能夠欣賞黑暗的顏色，而不把黑暗誤為光明。

尼金斯基夫人羅莫拉恨極了托爾斯泰一類的理想主義者，因為尼金斯基終於走上瘋狂的道路，雖然其瘋狂的原因並不就是受了托爾斯泰的影響。但為道德而放棄藝術的人，在藝術家的眼裏，總是可疑的。

原刊一九八六年一月六日《聯合報副刊》

聖者、盜徒——讓・惹奈

「幼獅文藝」預備出一個「法國文學」專號，特別介紹二十世紀的法國文學。這眞是一個可喜的消息。對這個世紀的法國文學，國內的讀者恐怕不十分熟悉。法國民族是一個很特殊的民族，其作家、藝術家之多，如以人口比例而言，恐怕爲世界之冠。如果說美國文化是大眾的、平民的文化，法國的文化則是精緻的、知識分子的文化。我們如也想追求精緻的文化，法國文化便是一個很好的範例。通過文學瞭解一國的文化，雖然難以窺其全貌，但不失爲一種直視其文化核心的捷徑。

「幼獅文藝」的編者來信問我是否可以介紹讓・考克多（Jean Cocteau），一個同時是詩人、作家，又拍過電影的人物。考克多聲名雖然很大，但我個人並不太喜歡他的作品。倒想介紹一位一度曾爲考克多密友，且被其稱爲法國當代最偉大的詩人、不道德的道德家的讓．惹奈。

多年前在法國時，我曾住在凡內（Fresnes）監獄的牆外，更多年前惹奈就是凡內監獄牆內的一個囚犯。然而我想介紹讓．惹奈的主要原因，卻是想到我國文化與西方基督教文化中對道德評價的一大共同點：善惡的兩極化。不同的是西方已經漸漸在改變。西方的現代化，在精神的層次上，可以說是一種努力超越基督教的善惡兩極化的過程。只有在超越了善惡兩極化的視域中，才可以更進一步地瞭解到人性中所隱蔽的暗角，才可以發現人之爲人的莊嚴性與自主性，才能容忍異於己者而肯定人人應有的生存價值。現代化，除了追求物質生活的豐足以外，更重要的是肯定爲人的基本權利，和精神上的自由與解放。如沒有後二者，前者勢必失去了值得吾人追求的動因。

所謂善惡的兩極化，有兩種區分的標準：一是以社會的成俗與成見爲準，合於成俗成見者爲善，異於成俗成見者爲惡；另一個標準是人我的標準，即我行皆善，人行皆惡，也就是我們俗說的「雙重標準」，即「只許官家放火，不准百姓點燈」那一類。後者看來不像一個標準，但事實上卻是最普遍的一種心態。也就是這種心態阻礙了中國法制的普及與執行。這兩種標準其實皆源於善惡兩極化這一個觀念。正是這種觀念把人我的距離拉遠了，也正是這種觀念使我們找到誅滅異己的藉口，使我們只見其惡而不見其人！

在善惡兩極化的道德尺度下，讓・惹奈是個百分之百的壞蛋、人渣！

惹奈生於一九一〇年，是爲法國公眾救濟機構（Asssistance Publique）所收容的一個娼妓的棄嬰，交由一個農家扶養。在幼年即因偷竊而被送入少年感化院。後由感化院逃出，流浪街頭。一度入伍當兵，又因犯上而逃離。以後即以行乞、偷盜度日，又是流氓，又是男娼。因其犯罪的紀錄，無法在法國立足，遂在西班牙、瑞士、波蘭、南斯拉夫、德國、比利時等地流蕩。多半是在各國的監獄中出出進進，正是一個不知悔改的累犯。據惹奈自述，除了謀殺外，什麼罪都犯過了（見其自傳性的小說《扒手日記》）。但惹奈與法國十八世紀另一個自承罪犯的大詩人波特萊爾（Baudelaire 1821–1867）的不同點是，波特萊爾在上帝的面前承認自己的罪孽；惹奈則相反，非但在良心上不以爲自己有什麼罪孽，反倒以爲他的所作所爲，無意中皆是導致他成賢成聖的階梯。他的從事於寫作，也是旨在爲人間創立一種道德的秩序。這種反惡爲善的變化，在沙特爲惹奈在一九五二年出版的全集（實非全集）的序言中，分析得至爲詳細。沙特的序，長達五百六十多頁，以長度而論，可說是空前絕後的書序了。其實，與其說是序，不如說是研究惹奈的一本專著。標題即是「聖者惹奈——戲子與殉道者」（*Saint Genet, Comédien et Martyr*）。沙特這篇序無形中開了爲生人立傳的先河，由此可見惹奈的傳奇生涯與創作上的活力，多麼吸引了當時法國最偉大的心靈。沙特由哲學的觀點透徹地分析了惹奈以偷盜、賣淫等行爲達到聖者境地的心理過程。由現代社會學的觀點來看，如以常人的行爲作爲標準，罪犯與聖者均屬於同一類的非常人物。眞正的罪犯，並非無知與盲目的，他們多半把後果和應受的懲罰早已計算在內。在心理上進行抉擇的時候，殺一個人和吻一個痲瘋病者，都得需要異乎常人的勇氣與決心，二者只不過隔了薄薄的一層紙而已。惹奈的墮落，是人的自我摧毀的一種考驗。藉著這種自棄於地獄的烈火，惹奈自覺化爲一隻聖潔的白鴿。佛家那句「我不入地獄，誰入地獄」的讖語，也許可以做爲瞭解惹奈複雜心境的一種門徑。

可是，這樣的一個在感化院、監獄、街頭和娼寮中度過了前半生的人，怎麼能忽然間變成了一個偉大的作家？這就是惹奈的傳奇與神祕之處。據說惹奈在十五六歲逃出感化院之後，曾一度爲法國當時頗有名氣的一個盲歌者當引路人，因此學到了些古典與民間詩歌的規律與作法。但據惹奈自言，他對文學的興趣乃由於在監獄中無意中讀到普魯斯特（Proust）的著作所引發。普魯斯特對同性戀愛的傾向，可能就是觸動惹奈興趣的原始動機。在雷查・郭對惹奈的研究（Richard N. Coe, *The Theater of Jean Genet*）中，曾提到當惹奈二十多歲在納粹時代的德國流浪時，一位收容幫助過惹奈的友人的記憶，說惹奈那時除了一身蝨子和一個夾滿了手稿的大紙夾以外，可說身無長物。可見惹奈在監獄中和流浪途中，寫作甚勤。然而這仍不能解釋一個大作家的產生過程。如果我們不願用神祕的天才論來解釋的話，只能說惹奈的身世所帶來的失愛的孤子感，不獨爲其犯罪的根源，也促使他接近了文學而沉陷其中。寫作終於成爲惹奈生存的唯一目的（參閱Bettina Knapp, *Jean Genet*）。這樣的背景是使惹奈成爲一個大作家的必要條件，但仍不是充足的條件。其充足的條件應該是他敢於自剖、敢於面對自我，且具有赤裸裸地把自我呈現在讀者面前的那種坦誠和勇氣。這種坦誠和勇氣，就是惹奈的道德感，也就是當時他懷疑紀德的道德而拒絕與之見面的原因（考克多語）。這樣的坦誠與勇氣，不但在紀德的作品少見，就是在極端賞識而提攜過惹奈的大詩人考克多的作品中也不易見到。在考克多已經蓋棺，而惹奈尚未論定的今日，我們可以說惹奈的成就早已超出考克多之上，而實現了考克多所夢想實現而沒有能力實現的文學成果。

惹奈的作品也是幾經磨鍊而漸至成熟的，特別是久經試驗才爲群眾所接受。

惹奈自言其嘗試寫作的經驗：有一次獄中的一個囚犯把寫給他姐妹的詩朗誦給大家聽，眾囚皆同聲讚好。惹奈忍不住技癢，就說他也可以寫得出一樣好的詩來。於是他也寫了一首出來，唸給人家聽，不想竟引起眾囚的嘩笑。一個囚犯說：「這樣的屁詩，我每早都會拉幾首出來。」（見Bettina Knapp, *Jean Genet*，頁二十）惹奈的第一齣戲《婢女們》在巴黎初次上演時，也引起了不少惡評。有的評論者竟認爲這種屁戲的作者，應該去幹他的老本行（偷竊）（見Richard Coe, *The Theater of Jean Genet*，頁四七）。這齣戲一改再改，又久經不同的導演處理、不同的演員試演，始得定型而成名作。除了詩和小說以外，惹奈最重要的作品是戲劇。惹奈也拍過一部描寫獄中囚徒相戀的短片，題作《愛情之歌》（跟他的一篇詩同名）。因爲內容太暴露、技術又簡陋，所以只能在大學中或電影俱樂部放映，難以作商業性演出。

今日惹奈早已不只是法國的大作家，而是世界性的大作家了。最近二十年，惹奈的劇作像《陽台》、《黑奴》、《屛風》等，多時佔據了法、德、英、美的舞臺。開始時每次演出，不是引起暴動，就是引起鬨動。觀眾對惹奈的作品，有的愛之若狂，有的恨之切齒，鮮有無動於衷者。他的作品正如他的身世，形似一種醜聞，實則重重地擊在世人半麻木的良知上。特別是對同性愛的大膽的描寫，使某些人瞪目結舌，使另一些人噁心欲嘔。在四十年代初期，當考克多發現惹奈且對其天才讚不絕口的時候，在法國文壇和社會上就引起了一番不同尋常的震盪。當時的天主教徒、名詩人保羅・克勞代（Paul Claudel 1868-1955）就大聲疾呼，禁止惹奈再多吐一個字出來。令人驚異的是，惹奈一面成了名、成了作家，一面不改舊行。終於在一九四七年被判終身監禁。偷竊或破壞劫奪他人的財物，在法國法律中罪名不小，何況是個死不悔改的累犯。熟悉法國文學的人，當記得雨果的《悲慘世界》中的主角，因飢餓而偷了一塊麵包所引起的悲慘後果。當時由沙特和考克多聯名上書法總統，很多作家簽名附議（連呼籲過禁止惹奈再吐一個字出來的克勞代和爲惹奈拒絕見面的紀德在內），咸認惹奈是法國不世出的奇才，惹奈因而獲得了特赦。然而很多人仍然不能接受惹奈作品中那種強烈的色彩。諾貝爾獎的大作家莫里亞克（François Mauriac）就公開質問惹奈，問他那種一味求之於人類直覺、狂亂和對性慾探索的表現手法是否危害到個人、國家、甚至於文學本身（見Pierre de Boisdeffre, *Une Histoire Vivante de la Littérature Française d'Aujourd'hui*，頁三四四）。然而惹奈仍然我行我素。倒是在沙特發表了《聖者惹奈》以後，使惹奈噤口了六年之久。主要的原因，不一定像惹奈自言，承受不了在公眾間被他人剝光的那種不自在（自行剝光自然不同），而可能是由於一個作者的自重。在被人如此重視之後，又豈敢輕易下筆呢？

惹奈的作品是非政治性的，但是帶著反社會的色彩。如果社會本身先天就不是一個至善至美的集體，如果社會注定了棄絕或虐待了其中的一部分成員（即使是很小的一部分），又有什麼理由拒絕這一部分人的嫉恨與控訴？這恐怕就是惹奈的作品，終於獲得社會中大多數人的諒解與接受的原因之一。惹奈的作品中似乎只有痛苦，而並無解決痛苦之道。然而希望就在這種無法解脫中獲得。這是惹奈個人的解脫之道，也可能就是讀者通過惹奈的作品所可見到的比浮光掠影的光明更加耀眼的大光明！正如沙特所說：「惹奈在把罪惡傳染給我們的時候，解救了他自己。他的每一部作品都是一種痛苦的心路歷程，重複再重複。在寫作過程中，他終於漸漸地得以控馭住附體的惡魔。他的十多年的文學生涯等於是一種心理分析的治療。」（見Jean-Paul Sartre, *Saint Genet, Comédien et Martyr*）我們這些平凡的讀者，自己沒有機緣或勇氣去直接承受惹奈所遭遇的痛苦，但通過他的作品也多少可以獲得自解之道，正如基督徒之通過替世人背負了十字架的耶穌而認知上帝一般。

看了惹奈的作品，就使我們不能不思考到善惡的問題。到底善與惡只是觀念的問題，還是實質的問題？如果是實質的問題，如何才能認知這樣的實質？在不同的觀察角度、不同的立場（例如孟子言性善，荀子即言性惡），是否能獲得對同一實質的認知？如果是觀念的問題，又如何持之爲道德評價的標準？悲天憫人的杜斯妥也夫斯基在《卡拉馬助夫兄弟們》中，曾質問誰有資格去判他人的罪刑，那高高在上的法官的罪，可能更甚於階下的囚徒。惹奈則不止是替罪犯申冤與抱不平，而是親自站入罪犯的行列，絕不存僥倖之心地甘願接受其應得的任何後果。這也就是爲什麼沙特稱他爲聖者惹奈的緣故。

今日惹奈已步入老境，其個人生活已平淡無奇。多年前美國銷路最廣的一本雜誌曾訪問過一次惹奈。訪問者第一句話就是問惹奈是否仍然偷竊如昔。惹奈答曰：「也可以說是，至少今日所得乃來自昔日偷竊的結果。」（見 **Richard Coe**, *The Theater of Jean Genet*，頁二四一所引一九六四年四月份 *Playboy*）版稅、演出稅，早已使惹奈成爲百萬富翁，然而他仍然身無長物。他的錢都花到哪裏去了？這是一個謎。有人猜測他救濟了鼠竊、流氓、娼妓那一類使他感到親切的可卑可聖的人物。可是沒有人做過調查，沒有人眞正知道。

多年前的扒手、男娼、罪犯，現在竟成爲被各國大學敞開大門熱烈歡迎的大作家，寧不爲人間的一大奇蹟！

我們不禁要問：像惹奈這樣的一位作家，能不能出現在中國的社會？能不能為中國的群眾所接受？我們難以回答。因為即使在思想觀念均已相當現代化的法國社會，如沒有考克多和沙特的鑑賞和大聲疾呼，惹奈恐早已幽死在法國的牢獄中了吧？可幸的是，那個社會竟有考克多和沙特這樣的人。但何以會有考克多和沙特這樣的人？是因為有支持他們的社會規範和廣大的群眾。歸根結柢，一種文化表現了社會中每一個個人的行為與心態。一種文化實在需要不停地衝擊。不經衝擊的文化就會成為一池死水；經不起衝擊的文化實在是由於根基薄弱。一列前行的隊伍，也不時需要幾個出隊和脫隊的人。這樣的人，形似搗亂擾隊，實則對整隊前進的方向大有裨益。一種文化、一個社會，正如一個個人，一方面追求解脫與自由，一方面也尋求安全與自保。無解脫與自由，則無進步；無安全與自保，則難以生存。但如係自保過度，就會流於畏縮，一如烏龜的堅殼，堅則堅矣，然在進化上，烏龜成為最不易變型的生物，幾億萬年都保持了同一種形態而成為永恆的烏龜。現代化的西方是經過屢屢的衝擊和屢屢的蛻變而來的。

作家對一個文化的最大作用，就是由內部給予衝擊，促其蛻變。因此在文學上，眞正的偉大作家，常是那些異常的人。他們時常教我們痛苦難堪。我們所以感到痛苦難堪，實在因為他們擊中了我們的要害，或是指出了我們的病癥。他們也時常讓我們憂慮不安，因為他們提醒了我們生命中的危機。他們更叫我們沉思辯難。我們可以不同意他們的見解，但我們不能輕視他們的見解。由於他們的激發，才會使我們產生對答回應的衝動。如果一部作品當我們讀了以後，既引不起情緒上的波動，也激不起思考上的漣漪，而只是無動於衷地一笑了之，那便不是一部好作品；甚至於不成其爲文學。文學的動力，不但來自對當下環境的反射，也來自一代對另一代的對答與回應。

下面是惹奈的作品及研究惹奈及其作品的一個不完整的書目：

甲、惹奈的作品

一、詩：

《死囚》*Le Condamné à Mort*

《愛之歌》*Un Chant D'Amour*

二、小說：

《花之聖母》*Notre-Dame des Fleurs*

《玫瑰的奇蹟》*Miracle de la Rose*

《葬之盛典》*Pompes Funèbres*

《蘇該的漁夫》*Le Pêheur du Suquet*

《布勒斯特的爭吵》*Querelle de Brest*

《高級監督》*Haute Surveillance*

《扒手日記》*Journal du Voleur*

三、戲劇：

《婢女們》*Les Bonnes*

《陽台》*Le Balcon*

《黑奴》*Les Nègres*

《屏風》*Les Paravants*

乙、有關惹奈及其作品的專著：

Jean-Paul Sartre, *Saint Gener : Comédien et Martyr*, Paris, Gallimard, 1952.

Joseph H. McMahon, *The Imagination of Jean Genet*, Paris, Presses Universitaires de France, 1963.

Claude Bonnefoy, *Jean Genet*, Paris, Editions Universitaires, 1965.

Jena-Marie Magnan, *Essai Sur Jean Genet*, Paris, Éditions Seghers, 1966.

Bettina L. Knapp, *Jean Genet*, New York, Twayne Publishers, 1968.

Philip Thody, *Jean Genet : A Study of His Novels and Plays*, London, Hamish Hamilton, 1968.
Richard N. Coe, *The Vision of Jean Genet*, London, Peter Owen, 1968.
Richard N. Coe, *The Theater of Jean Genet*, Hew York, Grove Press, 1970.
Lewis T. Cetta, *Profane Play, Ritual, and Jean Genet*, Alabama, The University of Alabama Press, 1974.

原載一九八〇年二月《幼獅文藝》第三一四期

D・H・勞倫斯搬進西敏寺

一九八五年十一月十六日，一度因淫穢被禁的《查泰萊夫人的情人》一書的作者D・H・勞倫斯的墓牌，在一片聖詩的頌唱中，於神聖的西敏寺揭幕了。勞倫斯死後五十五年，終於加入了以色狼、酒徒、流氓所組成的英國詩人、作家的偉大行列。比起其他無德的作家來，勞倫斯要幸運得多了。另一位小說家喬治，艾略特（George Eliot）因生前有一個未舉行婚禮的丈夫，死後等了一百年才得以進入西敏寺。大名鼎鼎的拜倫，因爲其有特號色狼的美譽，則足足等了一百三十六年（死於一八二四年，墓牌於一九六〇年進西敏寺）。

在英國，似乎每一個重要的作家都有他的支持者，何況像勞倫斯這種字號的作家，信徒相當龐大自不待言。據說死於一九五三年以煽動暴動著稱的「老嬉皮」詩人迪蘭・陶瑪斯（Dylan Thomas）一九八二年進入西敏寺之後，勞倫斯會社的徒眾就沉不住氣了，一次一次地提出申請，西敏寺的當家「和尚」考慮了三年之後，終於覺得勞倫斯的偉大正在於其可以考驗基督徒的信心，實在沒有理由阻礙他的靈魂到西敏寺來跟其他的色鬼、酒徒一起參禪。

不過巧合的是正有議員在清除「精神汙染」聲中，倡議修改淫穢出版法，以便加強對黃色書刊的控制。勞倫斯的進入西敏寺，使倡議的議員不勝尷尬，只好一面聲明修改淫穢出版法與勞倫斯無關，一面又暗地裏表示如果出版法一旦修改成功，某些勞倫斯的作品，像《查泰萊夫人的情人》一類，恐不免又在被禁之列了。勞倫斯的作品目前已經進入中學生的正式讀物中，屆時中學學生恐怕又要包藏夾帶才能夠逃脫教師的銳眼。

勞倫斯雖然早爲廣大的英國讀者接受，但獨獨不能引起他的故鄉「東林鎮」鄉民的同情，因爲他把故鄉描寫得太過醜陋，而且終生流浪在外不肯返鄉。因此東林鎮的人提起勞倫斯來，就說是一個不堪卒讀的淫穢作家。這次勞倫斯在西敏寺中製作墓碑所需要的五千英磅沒有募齊，聽說就是由於東林鎮民的反對。另外一件使東林鎮民大大不滿的，是勞倫斯的大筆版稅，不但東林鎮的鄉民分不到一杯羹，連勞倫斯的家人也毫無所獲，原來勞倫斯生前在遺囑中把版稅都遺留給了他的妻子。勞倫斯的妻子本是個再婚婦人，據說勞倫斯未死時已經有一個義大利情夫，只等勞倫斯一閉眼就再醮了。勞倫斯的妻子死後，所有的版稅都到了她自己前夫和後夫所生子女的手中。

勞倫斯的墓牌雖然正正式式地擺進西敏寺，但他的靈魂能不能去還很難說。勞倫斯一九三〇年死後，骨灰本來葬在法國南部。以後勞倫斯的未亡人遷居美國新墨西哥州，派遣她的義大利情夫到法國去迎取勞倫斯的骨灰，回到新墨西哥州。兩人小別之後在重逢的激情中竟把勞倫斯的骨灰遺忘在車站，走出二三十公里以後才想起來把重要的寶物丟了，又趕緊回車站去取，幸好不曾遺失。為了小心起見，勞倫斯的未亡人把他的骨灰混合在做墓碑的混凝土中，以後就做成了墓碑，所以不知道勞倫斯的靈魂還能不能動彈。當然我們希望他能夠漂洋過海，回到為眾詩人所稱羨的西敏寺中。

談起勞倫斯，英國人的意見實在很不一致。連勞倫斯會社的主席都說：「如果勞倫斯今日還活著，他一定不喜歡我們，我們也不會喜歡他！」但是他認為勞倫斯是一個偉大的作家。

其實勞倫斯的名聲是近幾十年才漸漸響亮起來的。在T．S．艾略特活著的時候，因為他很看不起勞倫斯，公開地聲稱勞倫斯不但文筆壞，而且是性變態。那時候T．S．艾略特的文名如日正中天，在文壇的影響遍及歐美，因此勞倫斯就抬不起頭了。直到今日的文評家才敢於作翻案文章。特別是李維斯（F. R. Leavis），勇於爲勞倫斯仗義執言。在他研究勞倫斯的專著中，對處理同樣的題材的勞倫斯的故事《聖．莫耳》（*S. t. Mawr*）和T．S．艾略特的名詩《荒原》做了比較，不但認爲前者高出後者多多，而且提出前者只是勞倫斯不起眼的一篇作品，後者卻是T．S．艾略特的代表作。李維斯認爲勞倫斯不只是一個大小說家，也是英國最偉大的作家之一，甚至於使人感覺，在李維斯的眼裏，莎士比亞以後，就只有勞倫斯了。

勞倫斯可說是一隻火化後的鳳凰，這正是他在西敏寺墓牌上的象徵圖案。不過勞倫斯會社的會員們曾因此提出抗議，他們認爲正確的象徵圖案應該是一隻從灰燼中升起的鳳凰，現在的圖案卻是一隻烤鳳凰。但是原設計人不肯改動，認爲火中的鳳凰比灰中的鳳凰還要經得起考驗！

原載一九八六年八月《當代》第四期

預言的魅力——

談弗雷茲・朗的《大都會》

科幻小說是二十世紀小說中一個重要的分枝，與偵探小說、言情小說以及我國所獨有的武俠小說形成了通俗文學的主幹。然而科幻小說並不是本世紀的新產品。法國作家麥赫斯埃（Sebastien Mercier）的沒有科幻之名卻有科幻之實的《公元二四四〇年》（*l'An 2440*）於一七七一年問世。英國詩人雪萊的續弦妻瑪麗・雪萊（Mary W. Shelley）也於一八一八年出版了一部科幻作品《科學怪人》（*Frankenstein*）。所以說科幻小說到今天少說也有兩百多年的壽命了。今日各國的科幻作家輩出，尤以美國爲盛。全美的科幻小說專刊，多達五十多種（例如 *Science Fiction, Space Stories, Future Fiction, Worlds of Tomorrow*等），英國目前出版的也有五、六種（例如*Authentic Science Fiction, New Worlds, Science*

*Fantasy*等），可見其普及之一斑。

科幻電影在電影分類中也自成一個類別。我自己對科幻小說並沒有特別的喜好，但卻禁不住科幻電影的誘惑。電影是視聽藝術，不必訴諸想像，逕自透過視聽二官，使現代電影的特技，詭譎奇幻，一一展現在眼前。

現在要談的《大都會》（*Metropolis*）一片，是德國導演弗雷茲．朗（Fritz Lang 1890–1976）一九二六年的作品，描寫的是二〇二六年的世界。在一個摩天大樓林立的大都會裏，資本家和工人形成了兩個截然不同的階級。前者住在建築物上層優美的花園裏，過著優裕健康的生活；後者卻在不見天日的地下層囚徒奴隸一般地勞苦工作。一天，統治者弗雷德森（Frederson）的獨子弗雷德（Freder）在花園悠遊時，忽然誤闖進一個率領了一群兒童的工人之女瑪麗亞（Maria）的空間。弗雷德爲瑪麗亞的美麗所惑，於是追蹤到地下層，才發現了另一個完全不同的悲慘世界。弗雷德對工人的命運產生了莫大的同情，同時也發現瑪麗亞是一位傳布福音的天使。她認爲統治的資本家是建築大都會的設計者，猶如人的腦；工人階級是建築大都會的執行者，猶如人的手，如果中間沒有心的調和，腦與手遲早要分裂的。她相信代表心的中介就要到來，使手和腦重新合作無間。

弗雷德森的朋友和情敵洛特旺（Rotwang）是一個先進的科學家，當此時他已製造出一個具有眞人功能的機器人。他向弗雷德森建議由他製造機器人來代替不容易控制的工人，因此他們商量好把這具製成的機器人改造成瑪麗亞的形貌，冒充瑪麗亞來鼓動工人暴動，以便以此爲藉口來消滅工人階級。在科技和魔法的手術下，機器人果眞化作了瑪麗亞的形貌。爲了取信於工人，洛特旺囚禁了眞正的瑪麗亞。這個氣質邪惡的機器人成功地鼓動了工人的暴動，破壞了機器，因而觸動了地下水源的爆發，首當其衝的正是工人自己的子女家庭。這時，工人們才恍然醒悟到上了邪惡的瑪麗亞的當，於是決定捕捉瑪麗亞予以嚴懲。

這時，眞正的瑪麗亞也從洛特旺的囚禁中逃脫，與弗雷德一起去拯救工人的子女。

工人終於捉住了正在狂歡作樂的邪惡的瑪麗亞，並把她送上了火刑台。經過烈火一燒，燒去了外表的包裝，才顯露出她不過是一個機器人而已。

科學家洛特旺已因走火入魔而瘋狂，誤以爲瑪麗亞是他已死的愛人海勒（Hel，她是弗雷德森的妻子，弗雷德的母親），竟把瑪麗亞追逐到一所廢棄的教堂的屋頂上。幸虧深愛瑪麗亞的弗雷德及時趕來解救，在打鬥推拒中洛特旺墜樓而死。瑪麗亞和弗雷德有情人終成眷屬。

弗雷德正是瑪麗亞所預言的代表心的中介者，因爲他的居中調停，統治者的資本家和被統治的工人階級終於言歸於好，從此又合作無間。

嗣後是否資本家仍住在建築上層的花園裏，而工人階級仍然在不見天日的地下層勞動，影片沒有繼續表現，我們自然對此不得而知。不過，由以上的故事簡介，可知這部影片所欲傳達的觀念是相當淺露而幼稚的。然而我們也該明瞭，影片拍製的時候已經過了俄國大革命的恐怖，在德國希特勒雖尚未上台（希特勒於一九三三年被選爲大統領）卻已有相當的權勢，對於資本家與工人的關係看來是一個敏感的話題，恐怕只能採取調和妥協的態度來取代馬克思主義者所主張的革命和階級鬥爭，否則這部影片恐怕難見天日。不過影片中顯示出工人階級的悲慘生活，弗雷德對工人所表示的同情，說明了作者並不完全漠視工人階級的利益。至於如何解決勞資雙方的對立，在當日的歐洲是一個具有爭議性的問題。一方面是馬克思主義者主張以無產階級革命的手段達成社會的公平，另一方面則是像德國的文化史家柯來姆（Gustav Klemm）所散布的種族歧視論，認爲人生而即有「主動」與「被動」之別。東方的蒙古人種、埃及人、非洲黑人、芬蘭人、印度人以及歐洲下等階層都被歸入「被動」一類，只有日耳曼人高踞「主動」之首。希特勒就深受這種學說的影響。弗雷茲．朗在《大都會》中的勞資妥協後沒有下文，只能說他無力解答這樣的問題。

《大都會》表現的是一個先進的科技世界，促進科技進步的科學家卻是一個瘋狂邪惡的人，這種面貌顯示了當日人們正如今日人們一樣對科技發展的疑懼心理。對科學又喜又懼的矛盾，形成嗣後眾多科幻作品的主題。

這部影片據說拍了三百一十個工作天和六十個工作夜，一共用了兩百萬呎的底片，剪輯後裝成十七卷。可惜原版已散失，今日重輯的美國拷貝只剩九卷。我們所看的錄影帶更是縮版，爲了適應現代觀眾被寵壞了的耳目，加了顏色和配樂已不是原來黑白無聲的面貌。

全片的背景皆以模型拍製，摩天大樓、巴比塔（Babel，聖經中沒有建成的天塔）、空中交叉飛行的飛機、天橋上奔馳的汽車，都是假的。今日看來當然遠遠比不上「星際戰爭」的逼眞壯麗，但在一九二六年卻是技術的大突破。其中工人的群眾場面，則是以少數的群眾無數次重疊拍攝拼接而成，看來萬頭鑽動，十分壯觀了。機器人變形時的繞身光環上下飄動，魔幻的效果也教人歎爲觀止。在技術和場面的取景上，《大都會》給予後來的科幻電影巨大的影響和啓發。

二十年代的德國電影正是「表現主義」（expressionism）盛行的時候。最具代表性的作品當推魏內（Robert Wiene）於一九二〇年出品的《卡里加雷醫生的密室》，該片即以強調布景的藝術設計見長。弗雷茲．朗雖然自言厭恨「表現主義」一詞，寧取「超現實」的說法，但是《大都會》在風格上仍不脫「表現主義」的特色。模型布景之突出自不必說，其中機器人瑪麗亞初在晚會中獻舞，對觀者只拍無數隻蠕聚的眼睛，以及弗雷德初見其父與機器人瑪麗亞親密交談時，以從空直墜表現其震驚的程度，都是「表現主義」的典型手法。

科幻電影正如科幻小說，描述的不是另一個空間，就是另一個時間，而預言未來又多於重歸過去。我們每一個人大概都對未來抱有一分好奇心，甚至懷有憂患之情。占卜、打卦，問的是近期未來的吉凶，對於遠程的未來，除了仰仗宗教信仰以外，恐怕只有求助於科幻作家（不論是小說或是電影）的想像力了。

縈繞在人們心頭的未來憧憬，使文學性和藝術性的預言產生了無比的魅力，這正是科幻小說和科幻電影之所以風行的原因吧！

原刊一九九〇年六月十七日《聯合報副刊》

海奈電影與「新小說」之間的淵源

首先我必須爲海奈叫屈，並爲他正名。如果我們當面用中文叫「雷奈」，他一定不知道我們叫的是誰。在二十年前，對於歐洲的電影，我們一概用經美國而來的二手資料，也就罷了，如今留法的人數越來越多，很多大學中也都設立了法文系，何況台北還有法國在台協會，取得第一手的資料不難，爲什麼還要「雷奈」呢？不是故意爲別人改名換姓嗎？因此我要爲他還音譯之原，稱作「海奈」！

海奈（Resnais），名阿蘭（Alain），生於一九二二年，是法國六十年代「新浪潮」（Nouvelle Vague）導演中最年長的一位。他是我在巴黎電影高級研究院（Institut des Études Cinèmathographiques）的早期學長，是第一屆的學生，於一九四四年入學，跟我前後相差十七年之久，自然無緣識荊，但在校時常常聽到同學談起他，那時他已是「新浪潮」的主將，大家都以有他這樣的一位學長爲榮。

我也因此極想能夠認識海奈。後來認識了我國著名畫家趙無極，他與海奈是多年的好友，於是趙先生提議約我們會面。又過了相當長的一段時間，忽然一天接到海奈的祕書打來的一通電話，說是海奈有事要找我商談，並指定了拉丁區的一家咖啡館，還要我手中拿一份《世界報》，以便容易相認。我雖然很高興有這個機會終於要見到海奈了，但不幸的是我那時正躺在病床上，因動過手術在復原中，無法走動，所以不能前往赴約。等我病癒之後，海奈又離開巴黎到外地拍片去了。不久，我自己也離開了法國，終於和海奈緣慳一面，當然也不明白他當時找我所爲何事。

海奈以拍紀錄片起家，他拍攝的《梵谷》、《蓋爾尼卡》、（畢加索作品）、《夜與霧》等均以剪輯的節奏及畫面之間的結構處理取勝。他以後的劇情片，像《廣島之戀》（*Hiroshima mon amour*）、《去年在馬倫巴》（*L'Année dernière à Marienbad*）、《穆里愛或歸來的時刻》（*Muriel ou le Temps d'un retour*）等，也無不具有相同的特徵。因此在法國「新浪潮」的導演中，他有別於以革命的意識形態取勝的高達（Jean-Luc Godard）和以自傳式的成長電影爲取向的楚浮（François Truffaut），而被人目爲電影新形式的代表。

在海奈的那一代，文學上、繪畫上都在追求新的表現形式。一九五七年，霍格里耶（Alain Robbe-Grillet）出版小說《妒》（*La jalousie*）、薩侯特（Nathalie Sarraute）出版小說《向性》（*Tropismes*），被《世界報》的書評家稱作「新小說」（Le nouveau roman），即因爲他們的作品具有一番新形貌。在繪畫上，當時引領風騷的畫家，像郝羨白格（Rauschenberg）、馬丟（Georges Marthieu）、韓德瓦塞（Hunderwasser）以及中國留法畫家趙無極，都是在形式上尋求革新的抽象畫家。海奈不但浸淫在這種形式革新的文化氣氛中，同時跟同代的作家和畫家來往密切，自然形成聲氣相投的一群。海奈早期的作品，追求形式革新的用心至爲明顯。如果我們不斤斤計較《去年在馬倫巴》的意涵，而從電影的結構和形式上加以分析、探索，就不會對這部電影感到莫名其妙或大失所望了。

可能是爲了平衡形式的追求起見，海奈在劇本的選取上則特重文學性，他的電影劇本多出於作家之手，例如《廣島之戀》的編劇爲新小說作家莒哈絲（Marguerite Duras）、《去年在馬倫巴》的編劇則爲霍格里耶。這兩位新小說作家，也曾熱中電影，後來終於染指電影，霍格里耶於一九六三年就編導了《不死之女》（*l'Immotrelle*）又於一九六六年自編、自導、自演了《歐洲特快車》（*Trans-Europ-Express*），可見「新小說」和「新電影」之間的密切關係。

傳統小說與電影之間的最大區別，乃在於前者賴「敘述」（narration），後者靠「呈現」（presentation）。特別是有時態的語言文字，如印歐語系，小說的敘述體多採過去式，然而一旦用電影表現，不管是否已經屬於過去的歷史，卻都以現在式呈現在觀眾面前。在表現的方式上，傳統的小說以動態的敘述爲主，以靜態的描繪（description）爲副，在電影中，除了故意模擬小說中敘述體，用ＯＳ的方式加插畫外音以外，一般畫面所呈現的，如以文字寫出來，則都是描繪，而非敘述。由以上的分析可知，法國的新小說作家，像霍格里耶、薩侯特以及曾獲諾貝爾文學獎的西蒙（Claude Simon）；在時態上採用「現在式」以取代傳統小說中的「過去式」，在表現方式上，採取「描寫」以取代傳統小說中的「敘述」，不能說沒有受到電影的啓發與影響。如果電影不靠敘述，只以當下的描繪，可以使人看懂，而且引人入勝，那麼小說爲什麼不可以呢？這大概就是「新小說」作家一意企圖擺脫傳統小說敘事方式的原始動機。當然新小說之難讀，也正因爲欠缺了人物歷史的縱深和空間鳥瞰的界定，使讀者面對的不再是相對於讀者的可以理解的時空，而是與讀者之間無法建立起關連的絕對時空。加以新小說作家以文字代替視覺印象的企圖並未十分成功，也造成了其作品艱澀的另一原因。

海奈在「新小說」的影響下，到底對電影的表現形式有什麼革新的企圖？我們前文曾言電影本來就是以現在式呈現在觀眾面前的描繪。但是由於電影藝術的晚生，它自然也受到戲劇與小說的影響。戲劇由人物對話表明故事的原委，而不用小說的第三人稱的敘述。這一點，電影像戲劇；但電影的不受時空限制，又可加插ＯＳ或字幕，則又像小說。除此之外，電影在時序上是接受了小說的章法的，也就是按歷史的時序漸進。如果其中有「倒敘」（**flashback**），則必須清楚表明，以免引起觀者的誤解。這樣的電影敘事章法和時間結構正是海奈所不耐而企圖超越革新之處。

在海奈的作品中，幾乎沒有一部不牽涉到對時間的探索。在紀錄片《夜與霧》和劇情片《廣島之戀》中，過去與現在重疊。在《穆里愛或歸來的時刻》中，現在就是過去。在《戰爭終了》（*la Guèrre est finie*）中，未來與現在重疊。在《我愛你，我愛你》（*Je t'aime, je t'aime*）中主人翁成了時間實驗的犧牲品，特別是在《去年在巴倫巴》中，時間似乎靜止在每一個刹那，男子對女子一再說他們去年曾在此相遇，有什麼意義呢？是眞，是假，經過了時間的流逝，全沒有分別，重要的是現在二人之間的感受才是眞實的。女子與男子相攜而去的邏輯，不在於他們是否是舊識，或曾有舊情，而在於當下的那一刻的感受。盧易·馬勒（Louis Malle）在《情人》（*les Amants*）一片中也描寫同一個主題，男女主角突然相遇，竟使女方在一夕纏綿之後，棄家背夫與一夕情的男子相攜而去。同一個主題，但表現的方式並不一樣。馬勒著力在男女的慾情與肉體之愛，並未做電影形式的探索；海奈卻把主題放在一邊，集中精神安排如何從剪輯的結構上呈現時空的另一種表現方式。

海奈的電影與法國「新小說」的相似處，並不能說海奈追隨著法國新小說的腳步，應該說他與「新小說」的作家同一步伐，共同爲革新傳統的敘事方式（不論是小說的還是電影的）而努力。

「新小說」作家所遭遇到的困難，我想也是海奈在電影上所遭遇的。欣賞《去年在巴倫巴》或《穆里愛或歸來的時刻》的觀眾畢竟是少數。正像多數的小說讀者仍沉湎於小說的情節和人物一樣，多數的電影觀眾在電影中所尋求的也是能夠激動人心的情節和可以認同的人物，殊不在意形式的革新。獲得影評人的讚美但失去了觀眾的情況，也不是一個導演所樂見的。當然，最好能夠做到像柏格曼（Ingmar Bergman）或費里尼（Federico Fellini）那樣的大師，既具有個人的風格，又有充實的人文內涵，形式不落俗套，可也並不艱深到難以索解的程度。海奈最近的作品，可視爲捨棄形式追求後的重歸傳統。例如一九八四年的《生死戀》（*Love Unto Death*）和一九八六年的《幾度春風幾度霜》（*Mélo*），原意爲《通俗劇》），都重視人物和情節的鑄造，在形式上反沒有什麼新奇之處。

綜觀海奈至今的作品，他似乎沒有表現出大師級導演那種聲光廣被的丰彩，但作爲電影藝術的開拓者，他卻毫無疑問地佔有一席重要的地位。

原刊一九九〇年三月十一日《中央日報副刊》

永遠的梧桐

「這株梧桐，怕再也難得活了！」
人們走過禿梧桐下，總這樣惋惜地說。

這是蘇雪林老師〈禿的梧桐〉一文中的前兩句話。幼年時在課本中讀到，印象特別深刻。後來讀過的一些文藻華美、學問淵博的宏文，倒都忘懷了，唯獨淺白如〈禿的梧桐〉或朱自清的〈背影〉，反而永駐心頭，歷久難忘。足見淺白的散文，正如簡易的詩篇，常可直入肺腑，具有深鑴心版的藝術魅力！

後來又讀了《綠天》一書中其他篇章，都覺得委婉纏綿，餘音嫋嫋。《綠天》的作者好像用的是綠漪女士的筆名。在我幼年的心裏，覺得這位綠漪女士模樣應該像在電影裏出現的神祕貴婦，是遙不可及的，誰知人事難以預期，多年後竟坐在教室裏聽她講解「楚辭」。

大概是民國四十年吧！上大二的時候，開學後忽然來了一位教「楚辭」的新老師，清瘦的身材，白淨的面容略帶一些倦意，說話時聲音細致婉轉，有些喃喃自語的味道。她就是我們久已聞名的女作家蘇雪林女士，那時剛從海外歸來，被師院（國立師大改制以前）的院長劉眞先生捷足先登地聘爲國文系的教授。那時候我們的國文系的教授陣容可說是一時之選：教詩詞的是高明先生、教訓詁學的是潘重規先生、教諸子和理則學的是牟宗三先生、教甲骨文的是董作賓先生、教鐘鼎文的是高鴻縉先生、教聲韻學和文法的是許世瑛先生（許壽裳先生的長公子）、教詩經的是屈萬里先生、教莊子校勘的是王叔珉先生、教文學史的是李辰冬先生、教新文藝習作的是謝冰瑩先生、教修辭學的是趙友培先生……好像正好沒有教《楚辭》的專家，蘇雪林老師的適時而至，可以說塡補了這個空隙。

蘇老師上課從不抬頭看學生，因此我想她不多麼認識我們。如果學生不去主動地找她，她也不會主動地找學生。她是那種深居簡出，不喜歡交際應酬，一心專注於寫作研究的學人，所以一生才會完成數十部學術、創作兼備的著作。她對學生的態度從來都是從容溫和，沒有聽她疾言厲色地說過話，更不要說是發脾氣了。

忘記是聽蘇老師說過，還是看過她一篇在法國採葡萄的文章，使我在大學時期一直嚮往法國葡萄園的風光。想像中在晴朗的藍色天空下，一望無際的綠色藤蔓，錯落著隱覆在綠葉下的串串晶瑩的紫色漿果，耳中似乎迴響起採果的青年男女爽朗的笑聲，口中竟彷彿溢出了酸甜的美味。後來我自己在法國住了七年之久，可惜因爲工作、研究兩忙的緣故，竟始終沒有能夠兌現這個久存心底的採葡萄的夢想。

大學畢業後到外地教書，很久沒有再見過蘇老師。但是在研究所的時候卻又見過幾次。一天，忽然心血來潮，想到了久未見面的蘇老師，便騎了腳踏車到她住的那間簡陋的紅磚教職員宿舍向她問候。一見面，蘇老師非常高興，問長問短，自然，她並叫不出我的名字。過了一會兒，她才躊躇地說道正有一筆稿費好久沒能去領，因爲自己身體不好，出門不太方便。聽了，我便立刻騎車去替她領回來。又一次是蘇老師跟師大的一群學生同遊金瓜石，那次我也參加了。一路上我和另一位同學在她老人家爬上爬下的時候擔任她的扶手和拐杖。我現在還保留了一張和那位同學從山坡上一邊一個把蘇老師架下來的鏡頭。

爲蘇老師做的另一件讓她開心的事，是在我擔任《聯合文學》總編輯的時候，爲她在《聯合文學》出了一個專輯。其中有張曉風女士寫的一篇詳盡的專訪、秦賢次先生編的《蘇雪林著譯書目四十種》和蘇老師自己撰寫的文章。也爲她拍了不少生活照片。那一年，她已經九十二歲了。

蘇雪林老師生於一八九七年，年輕時經過了民國的建立和五四運動，屬於第一代的中國新文學作家。那一代的作家，如今多半都已花果飄零，蘇老師和大陸上的冰心女士、巴金先生，是少數幾位碩果僅存的長者了。這次我們爲慶祝她九五華誕，舉行國際學術研討會，意義眞是不同凡響：一者是我們這群受教於她的學生們感念她一生不懈的教學精神和豐碩的研究成果，二者也是爲紀念五四一代的作家們爲中國和新文學開路的功績。

五四的一代雖然就要過去了，但正如蘇老師在《禿的梧桐》中所說：「我知道有落在土裏的桐子！」

原刊一九九一年四月十四日《聯合報副刊》

最後的一位五四作家

如果生於一九〇四年的巴金還不能算五四一代的作家（五四那年巴金只有十五歲），那麼最後一位謝世的五四作家毫無疑問地應算蘇雪林老師了。蘇老師生於一八九七年丁酉農曆二月二十四日，屬雞。五四那年二十二歲，負笈北京高等女子師範學校，開始寫作，是名副其實的五四作家。不過在群體傾向文學革命兼及社會革命的五四知識分子中，力持自由主義，堅信天主教，反共到底的蘇老師應該算是個異數；在眾人崇仰魯迅，尊魯迅爲青年的導師、革命領袖的時代，蘇老師公開對魯迅訾義，終生不改其反魯的態度，在五四作家中也是個異數。

我自己這一代可以說是喝五四一代作家奶水長大的，從小就讀魯迅、郁達夫、茅盾、老舍、許地山、王統照、葉聖陶等人的小說，讀周作人、朱自清、梁實秋、蘇雪林、冰心等的散文，讀胡適、徐志摩、劉半農、康白情、郭沫若等的詩，讀丁西林、洪深、田漢、郭沫若、陳大悲、歐陽予倩等的戲劇。但是這些名號響亮的五四作家，對幼年的我來說，都像是高不可攀的明星，從來不曾夢想到有一天可以有幸親炙其人，誰知道命運的輪盤轉呀轉地也會把不可能轉成了可能。例如胡適，大學時代曾經聽過他好幾次演講；冰心女士呢，在一九九二年秋天的北京之行，竟親自拜訪過她。然而在五四作家中，眞正有幸親聆其教誨的卻只有兩位：一位是梁實秋先生，一位就是蘇雪林老師了。上梁先生的課，是旁聽；上蘇老師的課卻是應選，因爲那時候梁先生是英語系的教授，蘇老師是我所念的國文系的老師。

蘇老師大概是一九五一年由法經港來台，應聘擔任台灣師範學院（國立台灣師範大學的前身）國文系教授，在二年級開了一門「楚辭」。那一年我恰恰升上二年級，順理成章地選了她的課，成爲蘇老師來台後所教的第一批學生。選蘇老師的課，主要是因爲在中學的課本上早就讀過綠漪女士的〈禿的梧桐〉，知道綠漪就是蘇雪林老師的筆名，可以說是久聞其名，歆羨其人的緣故。蘇老師那時已經五十多歲了，瘦弱的身架，蒼黃的臉色，說話聲音微細，似乎中氣不足，看來是很不健康的一個人，誰也不會料到她老人家如此長壽，竟活到一百多歲。

我不能說在蘇老師的課上有多少收穫，因爲首先必須承認，我聽不太懂她的話，她一口安徽太平的鄉音，實在難懂。今年為護送蘇老師的骨灰去了安徽太平，才知道當日蘇老師是盡量努力講國語的，眞的太平土話，連一句也聽不懂。蘇老師上課，盡自喃喃講自己的，從不抬頭看學生，也不在意學生懂不懂。在學生的一方呢，好像也沒有人發問，各安其位，互不相擾。一年教下來，我想蘇老師叫不出一個學生的名字。蘇老師屬於不喜歡交際的那種人，不管是學生，還是同事，素少來往，因此我們都比較接近謝冰瑩老師，對蘇老師則感到陌生。

畢業後接受預備軍官訓練一年，又教了兩年中學，都沒有再見到蘇老師。進了研究所以後，發現蘇老師並沒有在研究所開課。有一天心血來潮跑到隔了一個院落的教職員宿舍去問候蘇老師，沒說幾句話，蘇老師立刻抓住機會派我到中央日報去為她領取稿費，她說已經積了很久了，她自己身體不好出門不方便。使我頓感蘇老師生活的落寞，這恐怕也正是不久後蘇老師決定南下成功大學，就近與姊姊同住，在生活上可以彼此照顧的原因。另一次見面是跟蘇老師和其他師大同學同遊金瓜石，一路做著她老人家的扶手和拐杖。後來我出國遊學，到的國家恰巧也是蘇老師過去留學過的法國，因此不免常常想起她所寫的有關法國的文章。等到又過了三十年，我決定落葉歸根回國執教，應聘的學校正是蘇老師在師大之後執教最久的成功大學，不過那時候她早已退休多年了。

退休後蘇老師仍然住在成大的教職員宿舍裏。我去看她的時候，我不確定她是否還記得我這個學生，因爲除了令人難懂的太平方言之外，九十多歲的蘇老師已開始重聽，更增加了溝通的困難。不過我做了一件令她老人家開心的事，在她九十二歲的時候，我在《聯合文學》上爲她出了一個專輯，特請張曉風女士南下做了一篇詳盡的專訪、又煩秦賢次先生編出〈蘇雪林著譯書目四十種〉和蘇老師自己撰寫的文章和專爲她拍攝的生活照片，編成很詳實的一個蘇雪林專輯。以後其他報刊的專輯常常採用此專輯的資料。

蘇老師不但是五四遺老，也是稀有的人瑞，在她九五華誕的日子，成大中文系曾舉行「蘇雪林國際學術研討會」以示慶祝。以後每年生日總會爲她老人家舉行規模不等的慶生會，直到她住進了老人安養院依然如此。今年最後的一次慶生會是四月十五日，同時也是她的十五冊《蘇雪林日記》的新書發表會，可惜那時候她已住進成大醫院的加護病房。那天我到加護病房去看她，竟成最後的一面，六日後蘇老師駕鶴仙逝，享年一百零三歲。

蘇老師一生無所出，在大陸有一個繼子，也只限於通通信而已，晚年得力於師大教過的學生又在成大多年同事的唐亦男教授的扶持。去年也正是在唐亦男的陪伴下以一百零二歲的高齡返回安徽太平探親，而且完成了攀登黃山的壯舉，打破高齡登山的紀錄，終使蘇老師留下骨骸歸葬故里的遺言。去年返鄉時蘇老師出錢買回幼年的故居，加以整修後，大陸官方批准成立蘇雪林紀念館。今年我們爲蘇老師做的最後一件事，就是恭送蘇老師的骨骸返鄉，同時爲蘇雪林紀念館揭幕。爲了隆重起見，並預備在黃山召開一次海峽兩岸的「蘇雪林學術研討會」。在我方教育部、文建會、海基會、陸委會及亞太綜合研究院、蘇雪林文教基金會等單位的資助下，加上大陸方面安徽大學出面主導，一百多位學者參與的學術研討會以及人山人海的蘇雪林紀念館揭幕式和葬禮，均順利完成。這次艱鉅任務的完滿達成，唐亦男是幕後一隻有力推動的手。有學生如此，無所出的蘇老師地下也該稱心滿意了。

一生堅決反共反魯的蘇老師，身後終贏得共產政權的寬容，今後的大陸文學史上已開始補回原被抹掉的一章。蘇雪林紀念館，雖不及魯迅的紀念館眾多與排場，但令人覺得身前是非俱往矣，各自的事功仍可分別留給後人憑弔。

原載一九九九年十月《文訊》雜誌一六八期

徐志摩的愛與死

愛情，應該兼具性靈（或曰精神）與肉身兩個層面，由於時代風尚的不同，二者孰輕孰重可能有很大的差異。五四那一代可說剛剛品嚐到西式的自由戀愛，人們易於傾注全副性靈的情思，不若今日物質消費成習的芸芸大眾，徒徒貪戀肉身的魚水之歡，而漸漸輕忽了精神的層面。公共電視台的一齣《人間四月天》連續劇之所以如此令年輕的一代神魂顛倒，正因為擊中了他們的弱點，難免對徐志摩那樣充盈著性靈之愛的古典愛情滿懷嚮往之情。在短短三十六年的生命中，徐志摩留給人間的不易磨滅的印象正是他的詩人與情聖的雙重形象。

做為詩人，對徐志摩而言可說是十分偶然。徐志摩自言「從永樂以來我們家裡沒有寫過一行可供傳誦的詩句。」（〈徐志摩談自己的詩〉）他本生於浙江海寧的富賈之家，他父親送他出國留學是為了將來進入金融界，以便宏揚家聲，而他的最大理想則是要做一個像起草美國憲法的漢彌敦那樣的政治家。一九一八年他赴美留學，先進克拉克大學讀社會學，一年後轉入哥倫比亞大學改唸政治，為了傾慕英國哲學家羅素（Bertrand Russell）之名，一心想追隨羅素而放棄了在哥大繼續攻讀博士學位的前程。於是在一九二〇年他橫渡大西洋，來到英國，才發現羅素因反戰及離婚的罪名已被嚴守正統道德的劍橋大學解聘。幸而遇見另一位英國文學教授狄更生（D. L. Dickenson），才得以進入劍橋大學改修文學。他的累次所學，大多與文學無關，如何寫起詩來了呢？大概因為劍橋的風光太過旖旎，正如他在〈我所知道的康橋〉中所言「大自然的優美、寧靜、調諧在這星光與波光的默契中不期然地淹入了你的性靈。」遂致一份深刻的憂鬱佔定了他，竟漸漸地潛移默化了他的氣質，使他不由自主地寫起詩來。看似受著外在環境的薰染，但若他本身不具有一副浪漫敏感的天性，徒有外在的旖旎風光也難以成為充足的理由吧！

徐志摩生於一八九七年，五四運動的時候年方二十二歲，正是五四一代的人。那時代國難方殷，無論在思想或制度上，都正在汰舊更新，一般知識份子對國運及社會改革毋寧表現了特殊殷切的關懷之情，形之於文字，難免涕泗交零，悽厲怒嚎，遂有所謂的「國難文學」、「革命文學」的產生。在這樣的時代背景下，從事文學寫作，若非出於愛國心切，也易陷入揭批的犀利，浪漫的寫實主義或擬寫實主義遂成為一時的風尚。詩人也難脫時代氛圍的感染，如郭沫若的《女神》、臧克家的《烙印》皆如是。深受十九世紀英國浪漫主義的繆司感召的徐志摩，在五四那一代的詩人中可說獨樹異幟，他偏偏注目於雪花的瀟灑、落葉的淒涼，除了少數的幾首像寫乞討的小女孩的〈先生！先生！〉、泣弔殤嬰的母親的〈蓋上幾張油紙〉等不能免俗地顯示他像革命詩人一般也具有憐貧惜弱的同情心外，他多半的詩作都是寫景抒懷，或逕直是歌唱男女之愛的情詩。去歲為了替徐志摩編一個詩集，遍索他的詩作，發現的確以情詩為大宗。遂分作「愛的綻放」、「風景與情思」兩輯，名為《徐志摩情詩》，由駱駝出版社出版。徐志摩如此浪漫的抒情獨唱，在五四那一代一片悲慟悽厲的呼喊中確是顯出異常溫柔細膩、纏綿悱惻的情緻，成為革命文學以外的一種異色。英國浪漫詩人雪萊（Percy B. Shelley）曾聲明寫詩不是為了別人，而是為了自己，像一隻夜鶯似地在黑暗的枝頭孤獨地鳴唱寂寞的歌。徐志摩應該是服膺此一論調的。夜鶯的鳴唱，當然不脫抒情，不脫個人主義，很不合當時中國的潮流，然而卻正好契合徐志摩的性向，使他的詩既不像郭沫若的熱情革命，也不若臧克家、艾青等的雄厚樸實，更沒有李金發、戴望舒的現代化，卻恰恰繼承了英國浪漫詩人拜倫（George G. Byron）、華爾茲華斯（William Wordsworth）、考勒萊治（Samuel

T. Coleridge）、雪萊等的遺緒，成為中國的現代浪漫詩人的代表。徐志摩自己也十分明白他所處身的時代和他個人的美學傾向有多麼的不合時宜，但是他沒有辦法違逆自己的性向，所以他曾不無沉痛地說過下面的話：

你們也不用提醒我這是什麼日子；不用告訴我這遍地的災荒，與現在的以及在隱伏中的更大的變亂，不用向我說正今天就有千萬人在大水裡和身子浸著，或是有千千萬人在極度的飢餓中叫救命；也不用勸告我說幾行有韻或無韻的詩句是救不活半條人命的；更不用指點我說我的思想是落伍或是我的韻腳是根據不合時宜的意識型態的……，這些，還有別的很多，我知道，我全知道；你們一說到只是教我難受又難受。我再沒有別的話說，我只要你們記得有一種天教歌唱的鳥不到嘔血不住口，它的歌裡有它獨自知道的別一個世界的愉快，也有它獨自知道的悲哀與傷痛的鮮明；詩人也是一種癡鳥，他把他的柔軟的心窩緊抵著薔薇的花刺，口裡不住地唱著星月的光輝與人類的希望非到他的心血滴出來把白花染成大紅他不住口。他的痛苦與快樂是渾成的一片。（〈徐志摩談自己的詩〉）

徐志摩自比為一隻把「柔軟的心窩緊抵著薔薇花刺」的癡鳥，他並非不知道千萬人在大水裡浸著，並非不知道千萬人在極度的飢餓中呼叫救命，但是他的天性只能唱著「星月的光輝」與「人類的希望」，直到心血滴出來把白花染成大紅。早期的批評家太過強調寫實主義的社會功能，故常忽略了像徐志摩這類浪漫的唯美詩人的價值。朱光潛在《談美》中說：「美感一不帶意志、慾念，有異於實用態度；二不帶抽象、思考，有異於科學態度。」又說：「美是心的產品。」用這樣的觀點來看徐志摩的詩，才能看出徐志摩的貢獻。

他的散文也一樣傾向於抒情，像〈我所知道的康橋〉、〈翡冷翠山居閒話〉、〈泰山日出〉、〈想飛〉等篇都詞藻絢爛華麗，想像豐富，情感真摯。他一生的作品，雖然不算多，倒也自成一家的風格。沈從文曾評論徐志摩說：「在散文與詩方面，所成就的華麗局面，在國內還沒有相似的另一人。」他的好友梁實秋嘗言：「他寫起文章來真是痛快淋漓，使得讀者開不得口，只有點頭，只有微笑，只有傾服的份兒！」

他在生活中，也印證了同樣的傾向，使短促的生命充滿了光與熱。他一生有三個女人，張幼儀、林徽因、陸小曼。一位端莊能幹，一位娟秀聰穎，一位漂亮浪漫，各具特色。他二十歲時與十八歲的大家閨秀張幼儀結褵，生了一個兒子後同赴英國留學。徐志摩在劍橋的時候，遇見了政壇名人林長民十六歲的女兒林徽因，一見鍾情而不可自拔，導致了與張幼儀的離異。在那個時代，離婚仍難免與個人的德行聯繫在一起，徐志摩敢於不顧世俗的非議，敢於違反父親的堅決反對，也證明了他浪漫的特立獨行的性格。徐志摩比林徽因長八歲，又是有婦之夫，林徽因雖然曾經為之動心，但最後仍然選擇了嫁給早有婚約的梁啟超的兒子梁思成，留給徐志摩的只有惆悵和失望。徐志摩有兩首情詩，肯定是寫給林徽因的，在今年出版的梁從誡（林徽因與梁思成的兒子）所編的《林徽音文集》（天下出版）中也提到這兩首詩。其中一首是〈偶然〉，早已譜成歌曲，「我是天空裡的一片雲，偶爾投影在你的波心……」在演唱會中常常聽到。另一首是〈送去〉，是在北平時徐志摩送林徽因去西山而作，最後的一句用「我愛你」作結。

徐志摩由英回國後，眼見林徽因與梁思成雙雙赴美留學，自然有一段黯淡消沉的時光。失戀之餘，他在北平遇到了有夫之婦陸小曼，美艷出眾，儀態萬方，使徐志摩立刻為之傾倒，又爆出愛情的火花。他再一次不顧世人的非議，熱烈追求，終使陸小曼離開了她的丈夫王賡，嫁給徐志摩。這一次婚姻並未獲得徐家的祝福，而且在婚禮上受到證婚人他的老師梁啟超的痛詆，可見徐陸的結合並不為時人所欣賞。

徐志摩雖說一次離婚，一次失戀，但他有能力與離婚的張幼儀與因之失戀的林徽因都保持親密的友誼。張幼儀自然是愛徐志摩的，但個性爽快、幹練，不願去糾纏一個變心的丈夫，徐志摩提出離婚，她就答應，反倒是徐志摩的父母竭力反對。胡適曾感慨地說：「後來，他（志摩）回國了，婚是離了，而家庭與社會不能諒解他，最奇怪的是他和他已離婚的夫人通信更勤，感情更好，社會上的人更不明白了。」林徽因在與梁思成結婚後，兩人也都成為徐志摩親近的朋友。大概真正懂得愛的人不會生恨的吧！徐志摩真不愧「情聖」之名。

理想一旦遭遇到現實，總不能盡如人意，徐陸的結合有快樂，也有難為外人道的痛苦。人言陸小曼揮霍成姓，使與父親失和得不到家庭支援的徐志摩的經濟十分狼狽。愛情雖然不都是甜蜜的，但總是愛情，徐志摩都對之十分執著，終難免因愛而陷溺。一九三一年十一月十九日，徐志摩從南京飛北平，據說是為了趕去聽林徽因的一場演講，因遇到大霧，飛機觸上了濟南附近黨家莊的開山，竟以三十六歲的壯年墜機身亡，結束了雖短促但光燦的一生。徐志摩的好友梁思成、金岳霖、張奚若三人於二十二日趕到飛機失事現場祭悼亡靈。梁思成並應林徽因之囑撿回失事飛機「濟南號」的一小塊殘片，歸來後掛在他們臥房的牆壁上，可見林、梁二人對徐志摩的懷念之深。對世人而言，徐志摩的驟逝正如他詩中所說那麼灑脫：「悄悄的我走了，正如我悄悄的來；我揮一揮衣袖，不帶走一片雲彩。」（〈再別康橋〉）胡適在〈追悼志摩〉一文中說：「他的人生觀真是一種『單純信仰』，這裡面只有三個大字：一個是愛，一個是自由，一個是美。他夢想這三個理想條件能夠會合在一個人生裡，這是他的『單純信仰』。他的一生的歷史，只是他追求這個單純信仰的實現的歷史。」這番話道出了徐志摩性向、志願以及他的審美態度。

徐志摩愛過的三位女性，後來都各有所成。在大陸解放前，張幼儀先在上海開時裝公司，後在哥哥的幫助下創辦上海女子商業儲蓄銀行，自任董事長兼經理，以一個女子而言，可說成就非凡了。徐志摩生前仍同張幼儀時相過從。四九年後張幼儀赴香港定居。過了多年的獨居生活，當兒子已在美國成家立業後，於五十六歲時與房客蘇季子中醫師結婚，距徐志摩之死已有二十多年了。林徽因嫁給梁思成一同赴美留學歸來之後，二人在北京執教，也一起在建築界服務，育有一兒兩女，除了遭遇到四九年後知識份子共同的苦難外，家庭生活應該算是幸福的。只有陸小曼受到的打擊最大，徐志摩的驟逝使她一時間難以適應，沉湎於鴉片無能自拔。但是她幸而後來又遇到一位疼惜她的翁瑞午，兩人雖然住在一起，卻沒有結婚，大概小曼心中仍抹不去徐志摩的影子吧！這時陸小曼除了跟文友來往外，已不再出現在交際場所，跟賀天健學畫，跟汪伯星學詩，過著清淡的生活了。晚年詩與畫也都有不錯的成績。

徐志摩自己，一生似乎永遠情感充沛，儲蓄著大量的光與熱，愛人的力量和被愛的需求一樣熾烈，使他像火焰似地不停地燃燒，不但溫暖了他周圍的人，而且終以愛情的光亮照亮了那個時代的陰霾。朱光潛嘗言：「人生本來就是一種較廣義的藝術，每個人的生命史就是他自己的作品。」（《談美》）這句話用在徐志摩身上十分恰合。他是詩人，也是情聖！正如雪萊的夜鶯，在五四那一代的鷙禽猛獸中，徐志摩是少有的一隻癡鳥，把心窩抵在玫瑰的刺上，熱情地唱著憂傷的愛情之歌。

二〇〇〇年三月二十日

又一次人間四月天

自從《人間四月天》連續劇引起轟動之後，一時之間，徐志摩、林徽因、陸小曼、張幼儀成為家喻戶曉的人物。五四那一代的愛情除了浪漫之外，也充盈著寬容與諒解，即使當事人內心悲苦，表現在外的卻是令人感到溫暖的顏色，不像今日世人佔有慾那麼強烈，一旦失戀就要動刀動槍，血腥淋漓。這恐怕也正是人間四月天式的愛情令人無限嚮往的緣故。

我現在要說的又一次人間四月天，緊接著徐志摩那個世代，時間較晚，因此就接上我們這個世代了，其中有些人我不但見過，而且是有些來往的。

民國五十五年五月及十一月，著名畫家徐悲鴻的前妻蔣碧微女士在皇冠雜誌社出版了她的《回憶錄》，那時我在法國已經住了五年，正當離法赴墨的前夕。我記得在我離台赴法的前一年，也就是民國四十九年，好像這個《回憶錄》已經開始在《皇冠》雜誌連載，頗引起社會上的一些議論與耳語，也好像令當時身任立法院院長的張道藩先生有些尷尬。蔣女士的《回憶錄》其實就是她與徐悲鴻、張道藩兩位先生之間的情史。書分三冊：第一冊是《我與悲鴻》，第二、三冊是《我與道藩》，內容主要由他與張道藩之間來往的情書所組成，跟徐悲鴻的婚姻關係反倒成為張、蔣之戀的一種背景了。徐、蔣的婚姻關係維持了二十多年，張、蔣的戀情則綿延達四十年之久，可說是海枯石爛，刻骨銘心，最後有十年的光景，兩人終於有機會到了夢寐以求的世外桃源——台灣寶島——實現長相廝守的美夢，但結果仍不得不在寬諒的心情下分手。使人不免要問：世間真有所謂永恆的愛情嗎？我們所見的生死相許的愛情多半都是遇到挫折時候的誓言，鴛盟一旦結成，再激越的情感都經不起歲月的磨損啊！

蔣碧微女士系出江蘇宜興名門，與徐悲鴻先生同縣。徐悲鴻因與蔣女士的伯父、姐丈是初級師範學校的同事，故常與蔣家往還，因此蔣女士少女時代就暗慕徐悲鴻英俊瀟灑的儀表和洋溢的美術才華。徐悲鴻較年長，而且已婚，兩人之間的關係有些類似徐志摩與林徽因，只是後來的發展大為不同。徐悲鴻的結髮妻子病故，兒子也在七歲時夭折。蔣碧微雖然早已與當地查家定親，竟不計毀譽追隨徐悲鴻私奔日本東京，然後又同赴巴黎留學，使蔣家大為尷尬。我想二人在巴黎也渡過一段甜蜜的日子。但是好景不長，不久蔣碧微就發現徐悲鴻像大多藝術家一樣非常自我中心，一心專注於藝術，冷落了妻子。蔣碧微在《回憶錄》中說：「我以江南的古老世家一個訂過婚的少女，和一位醉心藝術的畫家私自出走，逃到日本、北平、巴黎，終於發現我的丈夫的心力全部專注於他所熱愛的藝術上面，我無法分潤一分一毫，既得不到溫暖，也得不到照顧，然而基於我的性格和教養，卻使我安於做他忠誠盡責的妻子。」從忠誠盡責的妻子演變成移情別戀，據《回憶錄》的說法是因為徐悲鴻首先愛上了他的學生孫韻君，而且登報聲明與蔣碧微脫離同居關係，令蔣女士十分難堪。孫韻君就是我做學生時代在師大藝術系任教的孫多慈老師。巧的是蔣碧微和孫韻君都到了台灣，也都生活在台北，反倒是關鍵人物徐悲鴻滯留在大陸。一九七五年我在香港遇到逃出大陸的徐、蔣的兒子徐伯陽的時候，印證了這一段情感糾葛確是他幼年時的辛酸夢魘。

蔣碧微初遇張道藩是在一九二二年德國柏林旅次。那時張道藩正在英國倫敦大學美術院習畫，還未去法國，他們都是到德國旅遊。《蔣碧微回憶錄》中描寫張道藩後來回憶初見蔣女士的印象說：「（那天）妳穿的是一件鮮豔而別緻的洋裝。上衣是大紅色底，灰黃的花，長裙是淡黃色底，大紅的花；妳站在那張紅地毯上，亭亭玉立，風姿綽約，顯得多麼雍容華貴，啊！那真是一幅絕妙的圖畫。」大概就是那時候蔣女士的丰采使張道藩一見傾心，可惜名花有主。然而這個美好的印象卻深藏在張道藩心中，漸漸轉化成一份熾烈的熱情，直到眾人都返國以後，蔣、徐之間發生齟齬才爆發出來，那時張道藩已經跟法國女郎素珊結婚了。

記得在大學時代，我是見過張、蔣兩位以伴侶的身份在公眾場合出現的。那時師範學院劉白如院長在星期一的週會上時常邀請名人演講，譬如胡適、嚴家淦、張其昀等都曾來過。我不記得張道藩先生是否也在邀請之列，但我確切記得有一次晚會上，張、蔣兩位挽臂出現在禮堂，蔣碧微女士當然成為我們注目的焦點。他們不過是五十餘歲的人，看在我這個青年人的眼裡，覺得他們已經好老，特別是蔣女士兩腮塗了兩團紅胭脂，看來有些滑稽。如今我自己到了兩鬢斑白的日子，回想那時的光景，蔣女士穿了一襲在台灣很少人穿的短皮草，高挺的身材，應該是風韻猶存的。

大概是民國四十八年，我在師大國研所的時候，大學時教過我們「國語」課的王壽康老師主持成立「師大國語教學中心」，專門教授外國留學生國語。王老師想起我的國語還算純正，特別聘我擔任該中心的兼任講師。我開了一門集體上的「中國文學史」，因此接觸到所有該中心的留學生。除了一批美國哈佛大學派來的研究生之外，也有幾位歐洲來的學生。其中有比利時籍的裴玫修女，後來成為我的法文老師；還有後來成為名家的李克曼（筆名Simon Leys）。又過一年，來了一位說法語的漂亮妙齡少女，名叫Nicole，不是從歐洲來的，而是來自澳洲法屬新克利多利亞島。我們一見，非常投緣，可惜她完全不通華語，而我的法語尚在初級階段，溝通有些困難。但是我仍然很勇敢地帶她到處走走，有一次去拜訪裴玫修女，Nicole穿了一襲大紅花的旗袍，被做飯的歐巴桑誤為我帶來了新娘子。後來知道Nicole原來是張道藩先生的令妹，為張夫人素珊女士扶養成人，所以她只會法語，不通中文。因為Nicole的關係，我也見過張道藩先生的女兒Liliane（麗蓮）和張夫人素珊。麗蓮長Nicole數歲，中文說得就流利多了。但是麗蓮不像混血兒，是純粹中國女孩的面孔，當時有人傳言或許麗蓮為蔣女士所生，交給張夫人扶養長大的。我當時沒有注意麗蓮的問題，只對Nicole的身世感覺有些奇怪，已經五十多歲的張道藩先生怎會有一個不到二十歲的妹妹呢？也許是收養的堂妹吧？那時他們一家剛剛由張道藩先生親自從澳洲迎接來台，睽違十餘年，終於團聚，顯得十分高興。這次張府的團聚，據蔣碧微在《回憶錄》中說乃「基於種種因素，我決計促成他的家室團圓，不惜遠走南洋，躲過那個『情何以堪』的別離場面。」

蔣碧微女士在與張道藩先生分手六年以後才寫完了她的《回憶錄》。兩人相戀四十年，而且「有整整十年的時間晨昏相對，形影不離」。不用說因為蔣女士的緣故，使張夫人素珊遠走澳洲長達十年之久，但最後為什麼兩人終於分手？對我是個謎！對當日的很多《蔣碧微回憶錄》的讀者也是個謎，因為那麼詳盡的一本回憶錄偏偏沒有交代這一個問題。

至於結成異國婚姻的素珊女士，眼見自己所愛的丈夫移情別戀，心中的悲苦自不待言。可是她沒有說一句恨話，沒有提出離異，反倒含辛茹苦地在異邦荒寂的小島上為張家扶養長大兩個女孩，這樣的情意又是多麼地令人敬佩啊！如果這算是一份女性的堅貞，素珊女士的德行終於贏回了丈夫的心，在張道藩先生最後的生命中他們終歸相扶相依，一同度過了人生的黃昏時光。

本來學藝術的張道藩，為了從政，犧牲了他的藝術生涯。政治不過是過眼煙雲，又沒有留下藝術作品，看來一生似乎就白白地過去了，幸而他完成了他心中愛的夢想，借著蔣碧微的手，使他「嘔心瀝血真情真愛的流露」的信函遺留人間，為人間增添幾分顏色。也可能是緣於追求完美的天性，使他不肯使任何人受到傷害，晚年才有家庭團圓之舉，把悲苦轉換成又一次「人間四月天」。

我在認識張家人幾個月之後就揚帆離台赴法了。初到法國的一年，跟Nicole尚有書信往還。我曾鼓勵她到法國唸書，但她說出國留學要花一大筆錢，她的環境不容許，哥嫂對她付出已多，她實在沒有勇氣提出這樣的要求。漸漸地我們也就斷了消息。

在法國，當然我認識了不少《蔣碧微回憶錄》中所提到的留法友人，像常玉、郭有守、邵可侶（Jacques Reclus）等，有的是法國人，有的愛上了法國始終不曾離開，有的因大陸變色再度留法，現在他們都已經不在人間了。最後我應該交代一下留在大陸的徐悲鴻。自從他跟年輕的廖靜文女士結婚後，又生了兩個小孩。在中共治下，曾任中央美術學院院長、中華全國美術工作者協會主席。他畫家的聲譽日漸隆盛，已是國寶級的人物，死於一九五三年，未受到文革之害，死後在北京設有「徐悲鴻紀念館」。徐悲鴻的長子徐伯陽，文革中下放農村趕大車，後來千方百計逃到香港。我們在香港友人的晚宴上相遇，那時蔣碧微女士已經去世，他說很想到台灣來繼承母親的房產和遺物。據說後來在端木愷律師的協助下，心願終於達成。現在他已七十多歲了，在深圳安渡晚年。

二〇〇〇年六月十六日

原刊二〇〇〇年六月三十日《聯合副刊》

英倫的兩位文學先進

我在英國倫敦大學亞非學院（School of Oriental and African Studies，簡稱SOAS）中文系執教八年，從一九七九到一九八七，但實際上只有六年，因為中間有一年休假，有一年請假，不在倫敦。

一到亞非學院，就聽說在我以前曾經有兩位中國文學的先進在此執過教鞭，兩位都是聲名卓著的作家：一位是老舍（本名舒慶春，字舍予），另一位是蕭乾。老舍在亞非學院的時間是在二次大戰前，從一九二四到一九二九，共計五年。一九二九年老舍離開英倫，經法國及新加坡返國，因為路費不足，還不得不留在新加坡工作一年後才返回北京。蕭乾則在二次大戰時期在亞非學院，從一九三九教到一九四二，同時兼任上海《大公報》的駐英記者，共計三年。一九四二年蕭乾經英國小說家福斯特（E. M. Forster）和漢學家阿瑟・魏禮（Arthur Waley）的推薦，進入劍橋大學英國文學研究所專攻現代心理派小說。兩年後因戰事愈來愈急，蕭乾應召放棄學位，到歐洲大陸專任《大公報》的戰地隨軍記者。據說他是那時唯一的中國戰地記者，後來寫出《銀風箏下的倫敦》和《矛盾交響曲》兩本記述歐洲戰場的書。這兩位文學先進都是說標準北京話的人，在亞非學院教授中國語文，我教的是中國文學，諸如詩、詞、小說之類，另有原籍北京的同仁教授語文。我因建議開一門亞非學院從未開過的「中國現代戲劇」，倫大很慷慨地讓我休假一年，並提供旅費使我可以到中國大陸、台、港等地考察現代戲劇及蒐集有關資料。在此基礎上，後來我得以完成《中國現代戲劇的兩度西潮》一書。

老舍到了倫敦以後，在教書之餘的寂寞時光中開始創作，五年中寫出三本長篇小說：《老張的哲學》、《趙子曰》和《二馬》。前兩本以北京和天津為背景，後一本以倫敦為背景，所以其中也寫了倫敦人。倫敦人有點像北京人，都喜歡說俏皮話，富幽默感。大概老舍一下子就愛上專寫倫敦人的狄肯斯（Charles Dickens）。今天看來，他一定因為熟讀狄肯斯的小說，而產生創作的慾望，所以這三本小說都肖似狄肯斯的文筆，詼諧、誇張，人物類似漫畫，一直到《駱駝祥子》問世，才使人覺得貼近寫實，但老舍的詼諧文筆終生未脫狄肯斯的影響。

蕭乾在英倫時與福斯特過從甚密，意外地未受他的影響，不寫小說。蕭乾唯一的一本小說《夢之谷》，是赴英以前寫的。蕭乾攻讀英國現代小說，應該頗有心得，雖未卒業，卻使他有能力和勇氣翻譯了喬艾斯（James Joyce）那本難讀的《攸里西斯》（*Ulysses*）。

這兩位文學先進除了先後都在倫敦大學亞非學院執教過以外，還有很多共同點：他們都屬於中國的少數民族，老舍是滿族，蕭乾是蒙族。他們都是幼年失怙，都家境貧寒，也都是生在北京，長在北京的地道的北京人，因此抗不住戀家的情懷，一九四九年共產黨當政後一招手就都回歸了。那時，他們都有留在歐美的足夠條件，老舍在美很有前途，蕭乾在香港接到剛成立中文系的劍橋大學的邀請，但二人甘願放棄，一方面可能對共產黨認識不清，懷抱著過度愛國的熱情，另一方面做為故鄉的北京太令人難捨了，蕭乾就自稱是「一隻戀家的鴿子」。當然，後來兩人的命運同樣悲慘，老舍在一九六六年文革一開始，受不了紅衛兵的折磨，投湖自盡了。蕭乾呢，很早被打成右派，吃盡苦頭，文革期間數次自殺未遂，幸而終於熬了過來，但也脫了一層皮。

我在亞非學院時很想尋索一下他們的遺跡，在圖書館裡找來找去，只找到一冊老舍編的「漢語教本」，後來在舊書攤上買到一本，本想留作紀念，卻送給了當時一心蒐集老舍資料的胡金銓。關於蕭乾，什麼也沒找到。跟兩人相比，我雖然待得最久，如今除了幾篇大學學刊的文章和倫大按時寄發我的退休金以外，怕也難覓我的蹤跡了。

老舍是我心儀的作家，從小就讀他的小說，可惜跟他緣慳一面，我在一九八一年訪問北京時本該見到他的，但他已早早去了另一個世界。後來見到長相酷似乃父的舒乙。九〇年代舒乙訪台時，我在成大為他主持了一場座談會。第二天當地日報竟刊出了老舍訪台的消息，使人啼笑不得。把舒乙當成老舍，未免太扯了點。莫怪文化記者對三四十年代的文學太過陌生，人事，一經過去，總易混淆，聲名如老舍者尚且如此，其他人更難奢望後人會弄清楚了。

蕭乾大難不死，使我在一九九二年再訪北京時見到了他和他的夫人文潔若，二人已擺脫文革的苦難，終於可以過正常的生活。事後寫了一篇〈北京訪蕭乾〉的文章，翌年年初在香港的《星島日報》連載三天。

倫敦是英國的文學之都，大多數英國作家（包括愛爾蘭的作家在內）的作品都以倫敦為背景。老舍在倫敦寫了三本小說，蕭乾在倫敦寫了兩本戰地報導，我在倫敦八年，很慚愧只有兩部小說的大綱，都未能卒篇，倒是為國內的報紙寫了兩三年專欄。冬季陰霾的倫敦，令人惆悵，似乎沒有給我太多創作的靈感，於是我也就決定離去了。

二〇〇八年二月十六日

原刊二〇〇八年四月十五日《聯合副刊》

老舍與祥子

《駱駝祥子》毫無疑問地不但是老舍最好的作品，也是三十年代中國所產生的最偉大的小說。

我常感到五四以來的新小說，雖然盡力步上西方寫實主義的後塵，可是由於那一代的作家既不能擺脫「文以載道」的陰魂，又過於熱中於救國救民的大業，以致難以保持寫實主義所要求於作家的冷靜與客觀，結果大部分小說與其說是寫實小說，不如說是似是而非的「擬寫實」小說。寫北京人力車夫祥子一生遭際的《駱駝祥子》，可能是一個例外。好強要勝的祥子，一心想靠著個人的勞力與勤奮發家致富，結果不管多麼努力，仍不得不淹沒在當日不公寡義的社會的大染缸裏，的確反映出那一個歷史階段的大環境的實況，也足以證明祥子的悲劇具有了寫實主義所企圖達到的歷史的和社會的典型。

又過去了六十年後的今日，回頭來看，老舍寫《駱駝祥子》，眞是一言成讖，祥子的命運不免成了老舍自己的預言與寫照。正如祥子無能掙脫社會大環境的網羅，老舍也逃不過歷史的宿命。死在文化大革命的文人不知凡幾，但老舍的死，最能代表那一代中國文人的命運，也最具有典型的意義。

一九四九年，人民共和國在大陸上成立的時候，老舍人在美國。他的幾部小說的英譯，像 *Rickshaw Boy*（《駱駝祥子》）、*The Quest for Love of Lao Lee*（《離婚》）、*The Yellow Strom*（《四世同堂》的節譯）以及 *The Drum Singers*（《鼓書藝人》），都大致完成在那一個時期。想想看，在美國的書市上一下子出現了這麼多同一個作家的作品，對一個中國作家而言，眞是空前的現象，稱爲「老舍熱」也不足爲過吧？以老舍當日的名聲以及他實際的版稅收入，他在美國不是不能過一種優裕自在的生活，也正是那時候爲逃避紅禍犯難逃亡的中國文人求之不得的機運。可是老舍竟毅然放棄了這一切，決定回國參加社會主義的建設。有人也許認爲老舍的返國主要是爲了留在國內的妻子親人（陳之藩先生更提供給我另一種假說，說是爲了老舍的紅顏知己趙清閣），以邏輯而論難以自圓其說。抗日戰爭期間，老舍是獨自一個人先到後方，過了六年後老舍的妻子胡絜青才攜帶孩子去後方與老舍會合。四九年後逃亡在外的文人，也有不少以後再接應眷屬的實例。

所以只要那時老舍拿定主意留在美國，以後不是沒有接出家眷的希望。我以爲老舍在那樣的一個緊要關頭決定回國，主要的動機仍然是政治的。

說是政治的幻想也罷，說是政治的認同也罷，總之在那個時期，老舍肯定難能看穿共產黨的眞面目，也難能預料中國以及他自己以後的命運。

老舍的選擇，也並非例外，毋寧是大多數中國文化人的選擇，所以才具有代表性和典型意義。我們甚至覺得，作爲共產黨的領導也並非有意在欺妄國人，一開始就已張好了「反右鬥爭」以及「文化大革命」的網羅，專門等待無知的文人自投。所以我們沒有理由說以後的政治慘劇都是策略的預謀，把作爲陰謀陽謀專家的毛澤東看作是未卜先知的大魔師。歷史都是一步一步走成的。其中自然有早已潛伏的遠因，但是並不易爲人即時窺知。今日來加以討論，難免有事後諸葛之嫌，不過我們仍然不能不認爲「絕對的權力造成絕對的腐化」這句話仍是一條顚撲不破的歷史規律。在沒有監督的一黨專政的政體下，在沒有制衡的個人權力的無限擴張下，不造成政治的或個人的腐化也難！抱有救國救民弘願的文人們，太一廂情願把共產黨看作是使中國的窮人翻身，使中國改變貧窮落後面貌的唯一希望，而忽略了共產黨人也是人，同樣禁不起權力慾的考驗，同樣會掉入腐化的陷阱！

腐化的並不限於具有權力的領導者，受害的文人自己也不例外。郭沫若一旦做了國務院的副總理、社會科學院的院長，就屈服在共產黨的權威之下，稱毛澤東為「光輝的太陽」、「人民的救星」不是一種腐化嗎？老舍自己，回國後確實受到共黨政權的禮遇，贏得了「人民藝術家」的頭銜，做了文聯的副主席和人民的代表，也心甘情願地自封為歌德派了。人，眞是禁不起權力財富誘惑的啊！

以老舍的個性與為人而論，他所說的話比別人似乎多了一分誠意。當他說「在總路線的光明裏，我看到社會主義社會的美麗遠景，全國人民和我的子子孫孫將享受無盡的幸福」的時候，總使人覺得他說的是眞心話。當他說「我要聽毛主席的話，跟著毛主席走」的時候，跟那一代千千萬萬的中國人的心理也並無二致。中國實在太貧窮了，太落後了，一旦遇到一位貌似英明的領導者，除了赤膽忠心地寄託了全部個人的和家國的期望外，哪會考慮到什麼權力與腐化的問題呢？

老舍對社會主義建設和毛主席的忠誠清清楚楚地反映在他四九年以後的作品裏。《龍鬚溝》以降的劇作（包括最著名的《茶館》），沒有一本不在熱情地歌頌著社會主義和共產黨。然而，換來的卻是紅衛兵的毒打和最後的自沉！一向善於幽默自嘲的老舍卻是個自尊心很強的人，比一般人更難以忍受對他個人的屈辱。

特別是他自認對社會主義建設做過貢獻，而又公認為人民的藝術家，豈料竟受到「人民」的如此待遇，繼續苟活偷生還有什麼意義呢？如果這只是老舍一個人的遭遇，也只能說是老舍個人的不幸吧！可悲的是這是那一代文人的共同遭遇，才使老舍的命運具有了典型的意義。

老舍在結束祥子的故事時寫道：「體面的、要強的、好夢想的、利己的、個人的、健壯的、偉大的祥子，不知陪著人家送了多少回葬，不知道何時何地會埋起他自己來，埋起這墮落的、自私的、不幸的、社會病態裏的產兒，個人主義的末路鬼！」

看看老舍和那一代的文人，不是跟祥子夢想致富一樣地夢想著一個社會主義社會的美麗遠景嗎？祥子的悲劇是社會造成的，老舍的悲劇又豈是出於個人的因素？老舍和那一代的文人到頭來不免一個一個相繼地倒在美麗的謊言裏，製造了人民的痛苦，也埋葬了自己。老舍和祥子，其實都一樣擺脫不了社會的網羅和歷史的宿命！

原刊一九九七年九月十一日《中國時報・人間》

老舍與二十世紀——

爲「老舍百年國際學術研討會」而寫

二十世紀轉眼就要過去了，回顧我國在本世紀驚天動地的風雲巨變，無論就政治、經濟、社會、人文各個領域，在我國的歷史上誠屬空前。先是在亞洲建立起第一個具有現代意義的「民國」，繼則遭受到日本帝國主義的無情侵略與蹂躪，接之而來的是骨肉相殘的內戰與無休止的階級鬥爭，使中國人悲慘的遭遇幾乎綿延了一個世紀。但是這一百年也是中國脫胎換骨的關鍵時刻，西方席捲而來的民主與科學的狂潮徹底摧毀了兩千年的封建皇權與封建意識，使中國不由自主地步上現代化的征途。雖然至今仍然荊棘塞途，舉步維艱，但總算確定了前進的方向。生於十九世紀末年二月三日的老舍先生，正有幸見證了我國最激烈的風暴與最悲慘的境遇，形成了他，作爲一個人民的「寫家」（老舍先生慣用的詞彙），最基本的寫作理念與動機。

我們都知道老舍先生生於北京城一個窮苦的旗人家庭。父親是皇城的一名護軍，每月的餉銀不足三兩，養活一個四個孩子的六口之家是非常困難的。不幸又於一九〇〇年八月死於八國聯軍的砲火。老舍先生一歲就失去了父親，全靠母親爲人幫傭來維持家計，所以自幼老舍先生就體會到窮人的苦楚，使他後來的作品對窮苦的群眾總是充滿了同情，對我國的社會改革也寄託了無限的希望。他一生所寫的小說和劇作，大概都不出以上兩個重心。

在三〇年代的作家中，老舍先生毋寧是創作力最旺盛，作品最豐富的作家。他一生出版了長篇小說十二部（《老張的哲學》、《趙子曰》、《二馬》、《小坡的生日》、《貓成記》、《離婚》、《牛天賜傳》、《駱駝祥子》、《火葬》、《四世同堂》、《無名高地有了名》、《正紅旗下》），短篇小說一百多篇（〈微神〉、〈柳家大院〉、〈黑白李〉、〈斷魂槍〉、〈新時代的舊悲劇〉、〈我這一輩子〉、〈月牙兒〉等），劇作三十餘種（例如《龍鬚溝》、《西望長安》、《茶館》等），其中不乏傑作。就寫作的質與量而論，同代的作家中無人出其右了。如果老舍先生不曾在文化大革命初期被害身亡，以他旺盛的創作力肯定會有更多更好的作品問世。我們實在不能不爲這樣偉大的一位作家的悲慘命運同聲一悲。

在以上的作品中，大家公認長篇小說《老張的哲學》、《離婚》、《駱駝祥子》、短篇〈柳家大院〉、〈微神〉、〈月牙兒〉、以及劇作《茶館》等不但是老舍個人的代表作品，同時也是二十世紀中國文學的傑作。這些作品淋漓盡致地寫出了本世紀中國人民在貧窮、戰禍，以及不公不義的社會的覆壓下所遭受的種種苦難。老舍採用的是客觀寫實的手法，益發啓發了我們同情弱勢族群及對強權霸道的同仇敵愾之心。老舍先生不但是一個偉大的寫實主義作家，同時也是一個在二十世紀影響深遠的人道主義者。

從文學的角度來看，老舍先生對現代小說與戲劇的語言運用做出了巨大的貢獻。他生在北京，一生的多半時光也是在北京度過的，他重要的作品，諸如《老張的哲學》、《離婚》、《駱駝祥子》、《四世同堂》、《正紅旗下》、《方珍珠》、《龍鬚溝》、《茶館》等的背景都在北京，他所用的語言自然也是道地的北京話。他萃取了北京日常語言中的豐富與生動，加以提煉，使其成爲文學語言，構成了所謂的「京味小說」和「京味話劇」，爲後來的作家開啓了一條新路。因爲北京話在華人的社區中有其獨特的地位，不但是在大陸上各地通行的普通話，也是在台灣和海外的「國語」的基礎，老舍先生的作品因此便無形中超越了「京味」的侷限，而成爲華文文學的典範。

我自己從幼年就喜愛老舍先生的作品，老舍先生的小說和劇本，可以說伴隨著我成長。後來很巧合地我又追隨著老舍先生的腳步，於半個世紀後進入老舍先生曾經執教過的倫敦大學亞非學院教書，使我覺得跟老舍先生又接近了一步。我常想，說不定我所使用的研究室就是老舍先生曾經使用過的。雖然那時候老舍先生已經不在人間了，我也無緣一識廬山眞面目，但至少我親眼看到了老舍先生留在英國的一些遺跡，也親自體會到老舍先生留英時的心情，因此益發引起我對老舍先生做進一步瞭解的興趣，使我不斷地搜集、閱讀老舍先生的作品，可說是一個標準的老舍迷了。去年末，《聯合文學》邀請我們幾位文友選取出我們心目中十位二十世紀最偉大的文學家，在別人一律選取西方作家的時候，我忍不住也把魯迅、老舍和曹禺列入我心目中二十世紀十位最偉大的文學家之列。

就我所知，老舍先生是外譯最多的一個中國作家。五〇年代中期，在日本和蘇聯曾形成翻譯老舍作品的熱潮。在歐美，自從一九四五年美國的Evan King翻譯了《駱駝祥子》之後，不久就出現了從英譯本轉譯的法譯本、德譯本、義大利文本、西班牙文本、捷克文本和瑞典文本。接著郭鏡秋又譯了《離婚》和《鼓書藝人》，Ida Pruitt 節譯了《四世同堂》，熊式一翻譯了《牛天賜傳》，James Dew和 William A. Lyell 都各譯出一個版本的《貓城記》。至今，老舍先生的重要小說及劇作，都有了多種語言的譯本，而且同一作品常常一譯再譯，有不同的譯本。老舍先生是在國外擁有最多讀者的中國作家，國外大學的中國現代文學課程也不會遺忘推介老舍先生的作品，說他早已成爲世界知名的作家，不足爲過也。如果老舍先生不曾早死，相信贏得諾貝爾文學獎桂冠的中國作家不必等到下個世紀了。

值此老舍先生百年紀念的時刻，我一方面爲老舍先生的文學成就而欣喜，另一方面也不由得爲老舍先生早逝而惋惜，我惋惜老舍先生晚年的遭遇，惋惜時代的差誤，更深深地惋惜中國何其愚昧地眼睜睜失去一個如此偉大的作家！

原刊一九九七年二月二日《聯合報副刊》

一個被遺忘的小說家

王敬羲很久不寫小說了，久得使人幾乎忘記他曾經是寫過小說的人。最近，《聯合文學》刊載了張愛玲與夏志清的通訊，其中有幾次提到了王敬羲的名字。提到他的名字，並不是談他的小說，而是談他曾經要出版或發表張愛玲的小說。可知他後來以出版者及雜誌主編聞名，因而淡出了作家的陣營。

但在我的心目中，王敬羲仍是一個小說家，一個相當傑出的小說家。這大概正是所謂的先入爲主的印象吧！

我們是大學時代的前後同學，我癡長兩屆，所以那時候並不算熟悉。可是在宿舍裏時常晃來晃去地遇到一個香港來的白面書生，兩手插在褲袋裏，眼睛老是望著天空，一副不可一世的模樣，教人親近不得。後來知道他就是常在《自由中國》上發表小說的王敬羲，才有點原諒了他那種傲人的態度。

我跟敬羲熟稔起來是一九七五年以後的事。一九七三年冬天，我已經在加拿大的溫哥華住了一年多，一天忽然接到王太太劉秉松的一通電話，原來她帶著兩個兒子到溫城來了。秉松畢業於師大藝術系，長敬羲一屆，也是我的學妹，在校時就認識的，他鄉遇故知，實在令人高興，成了那時候在溫城時常過從的朋友。敬羲並沒有陪家人一同去溫城，仍在香港從事雜誌出版的工作。到了一九七五年我恰巧在加拿大文化基金會的獎助下赴港蒐集論文資料，一住就是半年。這段期間承敬羲以老香港的身分對我多所關照，使我很快地進人香港的社會和文化圈。以後我每逢過港，或過溫城，或王家來台灣，都必然聚會暢談。甚至有一次訪問大陸，在天津竟也不期而遇，可說十分有緣。

在大學時代，敬羲唸的是英語系，是梁實秋先生的得意門生。在我自己忙著辦劇社、登台演戲的學生時代，他正奮力筆耕，而且成績斐然，深受梁先生的器重。那時候似乎還沒有僑生這個名詞，大概等到後來葉維廉、劉紹銘來到台灣就學的年代，才被冠以僑生的稱號。僑生，一般指的是來台就讀的華僑子弟，多半來自香港和新馬等地，從歐美來的很少。由於語言的關係，香港和新馬的僑生來台唸外文系的比較多，唸中文系的甚少。敬羲雖然唸的也是英語系，因爲原籍江蘇，生在天津，中文的根基強，故寫起小說來筆鋒甚健，跟一般僑生自是不同。

他在二十幾歲的年紀，寫出來的作品已有大家風範，屬於早慧的一型。

他的小說多寫於五十年代及六十年代初期，正是他唸大學和大學剛畢業留在台灣教書的那一個階段。後來到香港擔任編輯並從事翻譯工作，反倒把創作擱下了。直到一九六五年赴美，在愛奧華大學繼續深造，由於寂寞，才又重拾彩筆。在留美的兩年中，又產生了不少佳作。後來返港，創辦《南北極》雜誌及文藝書屋出版社，專心從事編輯和出版，也不得不寫一些報導和評論的文章，一個才華橫溢的年輕小說家竟因此不幸逐漸消溶在香港的繁華勝景中。

我手下王敬羲的小說，多收在兩個集子中，一個集子是一九六七年香港正文出版社出版的《康同的歸來》，收有十篇短篇小說（其中〈開花的季節〉長達兩萬五千字，應該算是中篇），另一個就是現在廣州花城出版社預備出版的集子，收有十五篇短篇小說。其中有三篇（〈歲月匆匆〉、〈康同的歸來〉和〈騙局〉）兩集俱收，不過收在後者的〈歲月匆匆〉一篇是收在前集的〈開花的季節〉的七章中的三章。

將在花城出版的這個集子的作品雖然也都原作於五、六十年代，但都經過作者在一九九五和九六兩年修正，重新以齊以正的筆名在《南北極》月刊刊出過。看來這些應該是作者認爲足以代表自己的精選定稿了。

敬義的小說不以情節取勝，其吸引人的地方全在以綿密的文字呈現客觀的景物以及人物細膩的心思。人物的心思取決於客觀的環境，譬如囚室中的囚徒、觀望春天風景的教師、在海灣泛舟的情侶、海泳的愛人、中學裏的舍監和女學生、舞廳裏的商人和舞女等。不論是短暫的景色（如春天的風景、海灣、舞廳等），或者是較長久的環境（如囚室、學校等）無不與人物的心境甚至命運緊密相連，造成情境交融的最佳效果。

在這一系列的短篇中，我們發現屠豪志的名字曾一再出現，有好幾篇的副題都標明是「屠豪志台灣歷險系列」。如果對照原稿，就會發現有些人物的名字原來並不叫作屠豪志（譬如在〈歲月匆匆〉中，舞女小蓮過去的男朋友屠豪志，在原稿〈開花的季節〉中名字叫風），而是作者在修正時改成了屠豪志。可見作者在重審原稿時，有意要創造一個以不同的身分與背景出現的同一個人物。這個人物的出身常常是坎坷的，且帶有幾分神祕。在〈吉星高照〉中，屠豪志是一個失業的中學體育教員，幾乎姦殺了一個用情不專的女生；在〈女主人的耳墜〉中，他是一個私家車夫，引誘女主人不成又企圖非禮主人家的小女兒；在〈歲月匆匆〉中他是讓舞女小蓮不能忘情的負心漢；到了〈深山驚變〉中他成了個帶有流氓氣息的大學生。看樣子作者企圖繼續寫屠豪志的傳奇，讓這個人物爲非做歹下去。

爲什麼作者要創造這樣的一個人物呢？這樣的問題當然最好去問作者自己。我只能說在港台工商業的大染缸裏，負面的人物是極具代表性的，作者寫這樣的人物，大概跟金庸寫蛇郎君、韋小寶一類的反英雄出於一樣的動機吧？

葉維廉在一篇評論裏說王敬義的小說所敘述的事物是庸俗的、瑣碎的、平凡的，但往往想在平凡裏出奇，在庸俗裏求一刻的精神的領悟。在平凡的事物中能夠電光石火地透露出飛躍的弦外之音，正是敬義的功力所在，也正是他的作品出色而吸引人的地方。

五十年代的台灣尚籠罩在戰鬥文學的氛圍中，那時候出現的王敬義的小說，多少有些像春光乍現，帶著一股逼人的清新氣息。同時出現的聶華苓、於梨華的小說也都超越了戰鬥文學的範繫，不久就聲光並茂地出現了《現代文學》的一票青年作家群。王敬義的小說正好塡充了台灣從戰鬥文藝小說到現代主義小說之間的空隙，是我們不應忽略的。

如今，我們都到了退休的年紀，我的思緒卻不停地往返於五十年代大學的日子和今日的現實之間，忽感歲月如此匆匆，好像應做的事都還沒有做完，日子已經流逝了。所剩的時光是否還能容許我們完成一些個人隱私的心願呢？敬義是個極富才情的人，我願望他在退休之後能夠重拾他本具有而擱置多年的彩筆。

正如敬義所說，在花城出版社出版王敬義小說集的時刻，原應由王敬義大學時代的伯樂梁實秋先生寫一篇引介的文章，如果他老人家仍然健在的話。不幸梁先生已經棄世多年，退而求其次，只好由我來不自量力地充數了。

原刊一九九七年十月二十五日《中央日報副刊》

文壇的奇人異事

此次返台聽到馮馮在台灣逝世的消息，難免有些震驚。算來馮馮還不到七十歲，又有一身特異功能，未料竟如此早逝！

最後一次見到他，也有好多年了，那時他還未遷居美國加州，仍住在加拿大溫城。有一次小說家王敬羲邀去吃晚飯，開車來接我，上車後發現後座還有一位戴了頂毛線暖帽的老頭兒，笑著對我說：「你大概不認識我了！」我定睛一看，是有些面善，但又覺陌生。他看了我疑惑的表情，趕緊說：「我是馮馮。」「啊！」我說：「我們多年不見了，你變了不少。」「老了嘛！」他說。

也就是那次，我看到馮馮向我們展示的一張演奏會節目單，演出的是俄國莫斯科交響樂團，作曲家不是別人，正是馮馮自己，上面還有他的玉照。我心中不勝詫異，忍不住問說：「我不知道你會作曲，你學過音樂嗎？」「沒學過。」他說。「沒學過音樂，但是會作曲？」我實在不解。「隨便寫寫的。」他不以為意地說。後來我想，馮馮隨便寫寫的東西，都會有勞像莫斯科交響樂團這樣等級的團體來公演，也該是原因於馮馮的特異功能之一吧？

馮馮是具有特異功能的人，他從不隱晦。第一次見到馮馮是在溫城陳若曦家裡。大概是一九七五年前後，陳若曦逃脫大陸文革的苦難不久，落腳溫城。有一次她在美國的老同學過訪，邀我們在地的幾個文友作陪，在她家聚會。來客有歐梵、楊牧、劉紹銘等，本來也有先勇，但據說快到加拿大邊境的時候，先勇忽然發現身上沒帶護照，臨時折返了。在地的文友中就有馮馮。

印象中馮馮有一頭棕紅色的頭髮，他說父親是蘇俄軍官，母親是越南華僑。但是他的膚色及臉型並不像混血兒，也許他父親屬於蘇俄的黃色人種，譬如哈撒克人。令我好奇的是他說他有天眼通，而且生來如此，看得到動物和人的內臟，簡直像X光一樣，可以為人診病。

我的教育背景，家庭是稟承「子不曰怪力亂神」的傳統，後來的學校教育又深受五四以來所奉行的理性與科學，因此對超乎常情的現象相當排斥。無奈我天性好奇，特異的事物對我頗具吸引力，好奇心驅使我以後又跟馮馮見過幾次面，向他請教天眼通到底是怎麼一會事。為了去除我的存疑，他甚至告訴我有的人生來記得前世，他舉了一個證人，就是司馬中原。他並說如果不信，可以向司馬求證。

我一向不相信有前生與來世這樣的說法。後來回到台灣，第一次遇到司馬中原，就向他求證他的前世這件事。我本來期待的是司馬一笑了之，不想他竟說馮馮所言非假，他前世是一個上吊自盡的農村少婦。他一生下來，就會說話，把他的家人嚇壞了，要灌他糞便或黑狗血什麼的，他怕了，才再不敢多言。雖然司馬說時一派嚴肅，至今，我仍以為他說的是笑話！

後來朋友間傳說，北美有三大魔頭，馮馮是其中之一。但我也以為這是玩笑話而已。因為我一直對他的特異功能存疑，可能使馮馮心中不悅了。有一次我們晤談後，他留我晚飯。他跟他母親都是素食者，飯食很簡單。第二天我正好要回倫敦大學上課，告別時我告訴他明晨就要離加了。他忽然對我說：「到倫敦後你一定會打長途電話給我。」這句話使我好生奇怪，我沒有任何理由到達倫敦後打電話給他呀！

第二天飛抵倫敦後的夜裡，我忽然腹痛如絞，才想起馮馮說的那句話，莫非他預知我的腹痛，要我打電話向他求救嗎？我又想：難道晚餐中他用了什麼手段，對我的懷疑心態略施薄懲？這樣一想，我就不想向他求救了。可是腹痛得實在厲害，有幾次拿起了電話聽筒，心中卻告誡自己：「不可！不可！絕不能向邪魔歪道認輸！」於是又把電話聽筒放下了。我忽然想起，過去在香港時朋友曾送過我一瓶北京同濟堂生產的胃靈丹，趕緊找出來服下，過了一忽兒，肚子居然不再痛了。從此我對馮馮心生戒懼，就不再來往了。直到多年後因王敬義的邀約，才又見過一面。後來聽說他在母親過世後從溫城遷居加州去了。

馮馮二十多歲就寫出了《微曦》這樣大部頭的長篇小說，我至今尚未讀過，不敢月旦，但年紀如此之輕，功力也算特高了。後來居溫城時與王敬義頗有往還，故時常看到他在敬義主編的香港綜合雜誌《南北極》上發表文章。本世紀初，敬義在香港復刊原來林海音女士在台北創辦的《純文學》雜誌，仍不時有馮馮的作品，但都是散文、雜文之類，沒有再寫小說。

三年前經成大吳達芸教授介紹，開始練氣功，漸漸接觸到具有特異功能的人士，似乎世間本有些科學尚無法解釋的現象。我個人的觀念也在改變中，覺得有些奇人異事不能一概以怪力亂神視之。但是馮馮的早逝，使我想到：即使具有特異功能的人，也不一定有能力延長一己的壽命。

二〇〇七年六月十五日

也說浩然

在聯副看到尉天聰先生一篇紀念浩然的文章，才知浩然已經去世了。我們好像是同年，生活在同一個時代，卻有很不同的命運。在台灣浩然是一個陌生的名字，在大陸他的名字可真是響噹噹，文革時代，大家都說中國大陸只剩下兩個作家：一個是已死的魯迅，另一個就是活著的浩然。

為什麼文革時浩然這麼吃香？主要的原因是多數作家，不管老的少的，都被打成了製造毒草的大右派或反革命，只有浩然獨獨受到四人幫的青睞。的確可稱之為「青睞」，因為受到江青關愛的眼神嘛！為什麼四人幫偏愛浩然呢？當然因為他寫出了《艷陽天》和《金光大道》這樣的小說。

《艷陽天》厚厚的三大冊，篇幅比《紅樓夢》還要長，寫的是河北省農村合作化的故事。浩然確是農村出身的人，對農民的生活十分瞭解，對農民的語言十分熟悉，因此這本小說寫得十分生動逼真，跟一些城市知識份子寫農村的作品很為不同。「解放」後，寫農村寫得最好的作家，我們常說是趙樹理，其實在農民語言的運用上，浩然比趙樹理有過之而無不及。如果你對作者的意識形態不要先存成見的話，這是部相當好看的小說。

談到意識形態，三四十年代傾向革命的中國作家都已經很嚴重了，在過去的一篇論文中我曾經通稱其為「三反」作家。反什麼呢？一反封建主義，二反帝國主義，三反買辦資產階級。那時候這三種勢力的確是壓在中國人民身上的三座大山，不能說反的無理，因而使李劼人、錢鍾書、沈從文、張愛玲這些不夠革命的作家受到冷落，張愛玲更有漢奸的嫌疑，成為不入流的作家。然而革命心切的作家（包括鼎鼎大名的茅盾、巴金、老舍、曹禺等），有時三反得過份了，難免就忘了更基本的人性這一個大關目，因此那時候多數留下來的作品看起來更像宣傳或說教，特別在美學上穿上一件「寫實」的外衣，叫人覺得不過是些「擬寫實」（或假寫實）之作罷了。作品在藝術上不見得成功，但是宣傳的效果很大，這一大群筆陣成功地趕跑了國民黨，把共產黨送上權力的寶座。到了「解放」以後，毛澤東〈在延安文藝座談會上的講話〉成為作家必須遵行的圭臬，寫作的人（也包括原來的大家）只能把政治放在首位，把藝術擱置一旁，地主、資本家一律是壞蛋，窮人、無產者才是英雄。浩然怎能例外？因此在《艷陽天》中的地主、富農都是獐頭鼠目其貌不揚的奸詐小人，家無恆產的支書卻是英俊瀟灑一表人才，又推衣推食一心為人民服務的雷鋒一般的人物，總之越窮的人就越美好、越正確。魯迅的《阿Q正傳》把個無產者的阿Q寫成猥瑣不堪的流氓一樣，若按照毛的政治標準來看是很不「正確」的，不過既然毛主席自己認為魯迅最正確，就沒人敢說魯迅不正確了，這也是毛理論的諸多矛盾之一。

光憑《艷陽天》，浩然恐怕還不能獲得四人幫的歡心，因為人物寫得太生動，多少還具有人的味道，直到寫出《金光大道》，那才是標準的文革產品。其中的主要人物高大全，在政治標準上既高大，又完全，苦大仇深，沒有任何缺陷，於是作者也更不在意藝術，只求政治正確了，以致人味全失。這才是四人幫所要求的文學作品，希望讀者受到「教育」，都成為「無我」的革命英雄，完全聽毛主席的話，看毛主席的書，按照毛主席的指示辦事。符合這樣標竿的作品自然不多，所以浩然的《金光大道》成為當日的樣版。

因為文革時的鋒頭，足成為文革後的包袱，凡是與四人幫有任何瓜葛的人，四人幫倒台後多少都受到連累，楣運當頭。一九八一年我到南開、北大講學，見到很多老作家像錢鍾書、楊絳夫婦、李健吾、曹禺、夏衍、蕭軍、陳白塵、沈浮、張駿祥、吳祖光以及剛剛平反歸來的王蒙、馮驥才等，可沒人再提浩然，我也不好問他。浩然可能真像尉文中所言，是個老實的鄉下人，所以終能自保，沒被人胡整，文革後可以繼續寫作和出版，也是政策上走資的結果，說明走資以後共產黨對作家的待遇比文革時代及以前要寬大得多了。

二〇〇八年三月十七日

原刊二〇〇八年四月一日《聯合副刊》

布洛克的夢幻世界

加拿大著名的超現實主義詩人與小說家麥克・布洛克（Michael Bullock, 1918-2008）於去年盛夏的七月十八日逝世。當我接到這個消息的時候，既感震驚，又覺得並不意外。每一位友人的遠行，心中總免不了一種不由己的悸動；並不意外的原因則是他已高達九十嵩壽，按照自然的輪迴常律，已是風雨中的微燭，隨時都會有熄滅的機率了。他生於英倫，逝於英倫，可說重歸故土源泉。據他的女兒說，他走得非常安詳，遺言將他的骨灰埋在花園中的一棵紫荊樹下，每年紫荊盛放的時候，就如同麥克自己又一次把他的笑顏展露在人間。

麥克於一九六八年移民加拿大，早我來加四年。我們的落腳地點都是溫哥華的英屬哥倫比亞大學，但是我們相識卻在多年以後他正式在創作系任教而對中國的古詩發生興趣時候。他先認識了我的中學同學畫家龐禕，經後者的介紹我們也成為忘年之交。我們接識的時候，他大概不過六十多歲，已是滿頭白髮，但面色紅潤，正是我國所云鶴髮童顏的一類，是高壽之徵，直到晚年他的形貌沒有多大改變。那時他從意大利譯文轉譯過唐朝詩人王維的《輞川集》，題作《幽居的詩》，也譯過《毛澤東詩詞三十七首》，對東方世界，包括中國、日本和印度，都感覺很神秘，非常入迷；我則很想探知他的超現實的夢幻視域，因此我們有頗多的共同語言，不但在溫哥華相聚，在倫敦、在香港也曾多次把晤。多年來他每出一本新書，都會寄贈一冊，所以我擁有他大部分的作品。於六〇年代我在墨西哥所寫的一系列北京的寓言，風格有點接近超現實，因此引發麥克的興趣。我給他看的是法文版本，中文版本那時候還沒有寫出來。他看後立刻著手譯成英文，其中〈天魚〉、〈王大爺的驢〉、〈玫瑰怨〉等篇都先後在加國的文學雜誌發表了。後來正巧文建會在郭為藩擔任主委的時候，推出中書西譯的計畫，我的中文版的《北京的故事》也在計畫中，由黃武忠先生經手邀請麥克來台居留半載，以便譯畢此書。麥克雖然是翻譯的老手，通曉法、德、意等國語言，對中文詩興趣也十分濃厚，但閱讀中文的能力實在有限，如要翻譯，恐怕還要依據法文版本，這一點他不便明說，也就遲遲未來應聘，終至蹉跎了光陰，當事人一個個離職的離職，轉業的轉業，此案也就不了了之了，使麥克與台灣終於緣慳一面。

倒是麥克自己的作品，譯成中文的不少。最早的有周兆詳翻譯的《鮮紅的女人——布邁恪超現實小小說選》（布洛克的粵語發音為布邁恪），一九八四年香港山邊社出版。香港中文大學翻譯系的金聖華教授是研究布洛克的專家，翻譯布氏的作品最多。金教授是留法的歸國學人，在香港的時候麥克介紹我們認識了，以後也有所交往。金教授先後譯有布洛克的《石與影》（*Stone and Shadow*）、《黑娃的故事》（*The Story of Noire*）、《花與鳥》（*Flowers and Birds*）等。此外，尚有董繼平翻譯的《紙上的幻境》（*Dreamland on Paper*）、章簡翻譯的《牆內花園》（*The Walled Garden*）、梁錫華與施淑儀合譯的《月與鏡》（*Moons and Mirrors*）詩集。我自己也曾翻譯過麥克的一篇小說〈男孩與運河〉（Boy and the Canal），發表在一九八六年《聯合文學》第24期，後來又收入一九八八年我為爾雅出版社主編的《樹與女——當代世界短篇小說選》中。

麥克自言，他在中學時代就發現了中國古詩的魅力，中國詩中對大自然的衷心賞悅以及寄託心志的皈依之思，與西方強人征服自然的意識很為不同，啟發了他終身對大自然的愛悅，在他的作品中不是日月、山水、湖海，就是星辰、花鳥、樹木，他從來不談社會現象，也不涉及人事的傾軋，一派不食人間煙火的仙風道骨，如在集體主義的社會中，不知會被批成如何反動的文人了，在英國或加拿大他倒可以得其所在。麥克是典型的個人主者、自由主義者，承襲了在暗夜中為自我孤獨鳴唱的夜鶯般的英國浪漫詩人的傳統。近世歷史的慘痛經驗，也不能不叫人明白，滿口理想主義、為人民服務的革命家，最後不知為社會和人民造成了多大的禍害！他嘗說：「我的詩只為自己而寫，但並不妨礙有利於社群。」

一九三六年，時年十八歲，他參觀了在倫敦舉行的世界超現實主義展覽會，立刻受到吸引，深深地影響了麥克以後從事文學的方向。二十歲時自費出版第一本詩集《遞變》（*Transmutations*, 1938），只有二十多頁，東方或說中國與超現實的因素俱在其中矣。然後，直到四十二歲才出版第二本詩集。這漫長的二十多年，乃為稻粱謀，主要從事翻譯工作。四十二歲後，才開始密集地寫作與出版自己的超現實主義作品。麥克認為英國漢學家亞瑟・韋理（Arthur Waley）的英譯漢詩及中國古典說部，影響了英國的意象主義運動（Imagist movement），以致使超現實主義也脫不了東方的神秘色彩。東方與超現實，以後竟成為麥克終生不渝的至愛。

麥克的詩雖然具有奇詭迷離的意象，但明白易讀，沒有一般現代及後現代詩人的晦澀或邪魔的氣氛，他所引發的夢幻，是溫馨、清麗、飄逸，引人深思遐想的。譬如〈鏡月〉一詩：

鏡月反映
普世的夢
大眼睛窺視
人心深處
是皇冠
在長空的額上
是觀者也是被觀者
合萬物爲一（引自梁錫華、施淑儀合譯《月與鏡》）

他曾在一次訪談中批評西方的文壇說：「今天西方文壇印出來的所謂詩，大部分都不是詩，只是韻文而已——夾著一點點小聰明和一點點技巧的韻文。真正的詩人少之又少。」（見一九八四年周兆祥訪問超現實主義大師布洛克）言外之意，韻律和技巧雖然重要，但是作為詩，應該還要具備其他更基本的因素。他認為超現實是通向詩的重要路徑，他說：「超現實主義藝術的目標，在於結合外在與內在的世界，詩是把自然宇宙與我內心天地連接起來的臍帶。」他是一個依靠靈感書寫的人，經常採取「自動書寫」（automatic writing）的方式，沒有靈感時，寧願停筆不寫。

從一九三八年到二〇〇六年，他一生出版詩集二十六部之多，此外尚有小說集十二部，劇作兩部，所翻譯的他人的作品就不計其數了。他的小說都屬於超現實的作品，例如《掌心長花的男人》（*The Man With Flowers Through His Hands*），敘述一個男人哭泣的眼淚，大粒大粒掉落湖中，激起的彩虹水柱落在掌心，在那裡蝕出一個洞來。他把一株花插進洞裡，就如同手掌心裡長出一株花來一般，可以想像他如何帶著花趴趴走的模樣。如果花莖沒有折斷，花朵就永遠盛放著。他的奇特的情狀，為村民視為神蹟，競相膜拜、供養，倒使他獲得意想不到的優裕的營生。在同一本小說中，也講到一個人下班回家，走著走著鞋底磨掉了，然後襪底也磨掉了，接著是腳掌，雙腿、雙手都因走路磨掉了，甚至軀幹相繼磨失，等他回到家門口的時候，只剩下一顆頭顱。他的老婆開門看見老公的頭顱，遂將這顆頭顱撿回家中，放在一個大碗裡，澆以清水，頭顱居然這樣存活下去。直到有一天老婆弄了個情人進來，頭顱也會吃醋，趁老婆澆水的時機狠狠地咬住老婆的手腕不放，以致老婆在情急之下奮力把頭顱往牆上摔毀，隨後把失去生命的頭顱丟棄到荒野的沼澤中去了。這樣的故事近似噩夢，可能會寫得很陰暗、很恐怖，但是不，作者所營造的氛圍和所透露的情緒絕無嚇人之處，只是叫人覺得荒誕可笑，還有一絲絲悲哀。

他小說中常常是些不相連貫的片段，都很短促，人物有時是無名之輩，有時是第二人稱的你，有時是敘述者的「我」所目睹或經歷的一些場景，讀起來更像散文，或者說是散文化的極短篇。雖然他的作品也標示出詩集，或小說集的文類區分，其實他的小說更接近散文詩，令人覺得他是個不管文類的詩人，他只是寫出個人的感發而已。但是，在他眾多的作品中，他也創造了一個人物——阮道夫・柯蘭斯敦，成為他多部小說中的主要角色。像《阮道夫・柯蘭斯敦與追尋之河》（*Randolph Cranstone and the Pursuing River*）、《阮道夫・柯蘭斯敦與玻璃頂針》（*Randolph Cranstone and the Glass Thimble*）、《阮道夫・柯蘭斯敦與瑪雅的面紗》（*Randolph Cranstone and the Veil of Maya*）、《阮道夫・柯蘭斯敦走向內心的道路》（*Randolph Cranstone Takes the Inward Path*）等，都是同一個人物的故事。這個人物毋寧就是麥克・布洛克的第二自我。他也曾承認，他故事中的人物，不管是不是叫做阮道夫，寫的都是他自己，都有自傳的性質。雖然有此主要的人物，但嚴格地說並無此人的現實經歷，也就是說並未暴露作者的現實生活細節，像私小說作家所愛呈現的那般，我們看到的不過是阮道夫•柯蘭斯敦所視、所感以及他的夢境或幻覺，我們無法拿來與麥克的人生經歷對號入座。

在麥克的夢幻世界中，花草、樹木、山川、湖泊、蟲魚、鳥獸，無不多采多姿，而且具有超乎尋常的生命力，在讀者面前鋪展開一個充滿詩意的靈視的幻覺世界。自從寫實主義以後，作者對外在感官所及的物質世界都多有叩問，認為現象的背後，另有抽象的精魂，或更基本的實質存在。象徵主義、表現主義、超現實主義等等，無不企圖窺探、挖掘物質表象以下更深層的存有。想像、夢境與潛意識正是超現實主義的作家著力探詢的路徑，也是麥克•布洛克終生奮筆的標的。

麥克不但是一個作家，同時也是一個不錯的畫家，他著作中的插圖及有些封面，都是他親手繪製的。當然他的畫作也屬於超現實的一類。其實，他的詩中就表現出他超現實的畫風，像下面這一首〈園中月〉：

園中月
倒影在睡蓮塘

一張臉
因鯉魚穿梭生紋
給微波弄皺
又被根根似怒髮的蘆葦
投上陰影
一張自水深處
昇起的臉（引自梁錫華、施淑儀合譯《月與鏡》）

詩中的意象，不正是一幅超現實的畫嗎？

二〇〇九年二月五日
原刊二〇〇九年四月十六日《聯合副刊》

記五四

慶「五四」八十週年

八十嵩壽是人生重要的慶典，因爲一個人活到八十歲並不容易，如果小有成就，實在值得慶賀。對歷史事件自然不同，八十年算不得久遠，而且歷史事件不受生命的侷限，是否値得慶賀，端看人們對該歷史事件重視的程度。

五四到今年五月四日恰恰八十週年，是一個整數。記得光復後在台灣是曾經慶祝過五四運動的，後來忘了從哪一年開始就不再慶祝了，據說是因爲大陸慶祝，站在漢賊不兩立的立場，凡是「賊」方做的，「漢」方自然不能再做，因此五四這一天就從節日慶典的序列中被抹去了，以致年輕的一代可能已經不知「五四」何所指了。

狹義的「五四運動」指的是歐戰結束時的巴黎和會做出了不利於中國的決定，以致引起中國青年的抗議運動。起因是日本與英、法密約，企圖在巴黎和會中正式承認日本繼承德國在山東半島的權利。中方代表則請求廢除與日本訂定的二十一條協約，希望德國將膠州灣直接交還中國。不幸弱勢的中國碰上了強勢的日本（日本以退出巴黎和會相要脅），結果中國的要求沒被理會，日本的要求卻在和會中通過。國人聞訊譁然，北京三千多義憤填膺的學生於一九一九年的五月四日齊集天安門，舉行抗日與懲罰賣國賊的示威遊行，矛頭直指負責交涉的曹汝霖、陸宗輿、章宗祥，焚燒了曹汝霖的房子，打傷了章宗祥。北京學界發表宣言說：

現在日本在萬國和會要求吞併青島，管理山東一切權利，就要成功了！他們在外交大勝利了！我們的外交大失敗了！山東大勢一去，就是破壞中國的領土！中國的領土破壞，中國就亡了！所以我們學界今天排隊到各國公使館去要求各國出來維持公理。務望全國工商界一律起來設法開國民大會，外爭主權，內除國賊。中國的存亡，就在此一舉了！今與全國同胞立兩個信條：

中國的土地可以征服而不可以斷送！

中國的人民可以殺戮而不可以低頭！

國亡了！同胞起來呀！

措辭慷慨激昂，獲得外地青年的響應。當時的北京政府一發慌就只會動武，採取了鎮壓的手段，逮捕學生，封禁報紙，以致引起天津、上海等地的罷工、罷市。所以狹義的「五四運動」只是一個政治性的群眾運動而已。

廣義的「五四運動」指的則是由政治的五四運動所引起的文化性的批判和反思，其內涵包括批判封建主義、打倒孔家店、歡迎德先生（民主）和賽先生（科學）、提倡新文學，終於使西潮源源湧入中國，促使中國走上了西化（或現代化）的道路。

中國的現代化並非由五四運動所引起，但五四運動的確釐清了許多過去糾纏不清的觀念，使中國人不再耽溺於義和團精神，不再堅持「中學爲體，西學爲用」的自我中心意識，放開胸懷用心於全盤或部分西化的問題，因此「五四運動」遂成爲中國現代化的一個歷史的標竿和里程碑。

長久以來，不同傾向的人對五四運動素持不同的觀感和不同的解釋，激進的人看到它破舊立新的一面，特別爲迎向民主與科學、爲中國的脫胎換骨的蛻變而鼓掌喝彩。但是激進的左派卻又不見得認同西方式的民主。保守的人看到的是它對傳統固有文化所起的破壞作用，特別恨惡「打倒孔家店」一類的口號。早期國府包容有相當自由主義分子在內的時候，曾經慶祝過五四運動。記得在大學時代，就曾經主辦過慶祝五四的文藝晚會。後來自由主義分子，像胡適、傅斯年者越來越少，而保守勢力佔了主流，所表現的就是對「五四運動」越來越痛恨了，這恐怕也是不再慶祝的原因。

如今回頭來看歷史，現代的新文學、新藝術、新音樂、新戲劇、新醫學、新科學，以及今日所實行的民主政治和經濟制度，無不體現著五四的精神，也無不從五四時代找到其源頭和促進的力量，說「五四運動」為中國現代化的里程碑並不為過。

執政黨去年在五月四日創立了第一屆「五四文學獎」，可以說是重新肯定五四，重視五四的一個開始。是不是因為如今自由主義分子又在政府中佔據了優勢？是不是因為今日國共兩黨正在嘗試談判與交流，已沒有漢賊的分野，不必故意跟大陸反其道而行了？這些問題不必急於解答，作為今日國人現代生活和現代文化的一個重要的源頭，五四應該是個值得紀念的日子。

原載一九九九年五月《文訊》雜誌一六三期

五四與我

我是在五四運動的流風遺韻中長大的一代。在我幼年時所接觸到的現代作家，不出胡適、魯迅、巴金、冰心、茅盾、葉紹鈞、蘇雪林、徐志摩、沈從文等人。再晚一點的，就屬老舍和曹禺，是我初中階段最傾心的作家。

在我成長的過程中，除了魯迅以外，其他的五四大將都還健在，而且後來我竟親炙過梁實秋、蘇雪林和謝冰瑩老師的教誨，也多次聽過胡適、羅家倫、傅斯年等的演講。以後的機緣，使我有機會拜訪過冰心、夏衍、李健吾、曹禺、錢鍾書、楊絳、蕭軍、蕭乾、陳白塵、吳祖光、張俊祥、沈浮等五四或稍晚於五四的作家。如今，除了楊絳女士外，其他的人都作古了。我們距離五四運動的一九一九年，已經過了九十個年頭，時光啊，時光，真是如梭、如箭，毫不踟躇地飛馳而去！五四那一代的文化氣息、革命氛圍，也早已被後來的接二連三的重大歷史事件所障蔽、所消解，漸漸成為朦朧模糊的陳年往事，落在新生代的記憶之外了。

對我而言，五四是我啟蒙的標誌，科學與民主的口號是如此的響亮，反封建、反帝國主義的呼聲又是如此的令人熱血沸騰，我對中國和世界的認知，可說是從五四一代眼光的基礎上出發的。從幼小的年紀，就學會了以批判的目光注視周圍的環境，以悲憫的心懷傾向弱勢的族群，如果沒有五四一代作家們的先導，我想也許我不會如此。

在我小、中學階段，五四的作家們只是些可望而不可及的響噹噹的名子，像天空的星光一樣的遙遠，但是我深深地受到他們的感染，特別是魯迅等左派作家，使我感受到我國處境的悲慘、人間的不平，以及被壓迫、受欺凌者的堪憐。這種深刻的印記，使我終生遠離權力，寧願站在弱勢的一方。當然，後來我也領略到革命家的兩種嘴臉，理想與慾望的矛盾，權力與腐化的同流等等，更加強了我對政治的潔癖。

大學時代，我接觸到的師長們，包括梁實秋、蘇雪林和謝冰瀅老師，在一種高壓的政治氛圍中，大家都不敢張揚五四的精神，只能把心思集中到學術或純文學的領域，不去碰觸社會的陰暗和不平諸問題，這也正是那時候令人感覺學院中有些不食人間煙火的氣味。有什麼辦法？我們都處身於高壓的政治控馭中，海峽兩岸在這一點上並無大差異，大陸上的反右鬥爭沒有放過五四的文人，台灣的五四遺老同樣也噤聲難言，人民從未享受到五四一代的文人所企盼的民主與自由。

不錯，五四的文學革命實現了，為中國帶來了嶄新的戲劇、小說、詩和散文。但是民主和科學的實現卻太過緩慢，直到今日我們仍在五四所開啟的道路上奮力前進。以致我們的新文學不能不為無產階級、工農兵或反共抗俄等的政治教條而服務，這中間自由心靈的窒息困境不言可喻。

革命固然偉大，在革命時期，不論是真正懷抱著崇高的理想者，或是以理想為幌子而心存欺惘者，外表看起來無不義正辭嚴、意氣風發，令人振奮。然而一旦革命成功，從在野之身一變而成為當權者，海峽兩岸的斑斑歷史都告訴我們，斥責前人專制、獨裁、貪污、腐化的後來者，比前人更加不堪。可見再崇高的理想都抵不過權位、財貨的誘惑，真像那嗜血的禿鷹一樣無藥可醫。五四一代的文人所以能夠潔身自愛，乃因為他們論政而不當政，倘若一旦下海，像郭沫若者流，其醜陋的嘴臉也就畢露無遺了。

正因為五四那一代的文人多半不肯，或無緣從政，不曾留下言行不一的印記，才為人間保存了一線高潔的人格，使人覺得人性並非那麼令人絕望。五四的一代總算給我國留下了一盞燈火，即使不多麼炫人眼目，也曾照亮了我人生的道路。我一生追隨著五四的腳步，但願我們這一代還有能力把五四的那點餘燼傳遞下去。

二〇〇九年三月五日

原刊二〇〇九年四月《文訊》第二八二期

關於諾貝爾文學獎

中國作家與諾貝爾獎

我本來不曾留意有「一群研究中國文學的法國學者」曾提名巴金與茅盾爲諾貝爾文學獎的候選人；《南北極》主編以夏志清先生的一篇短文見示，並囑提一點意見，才知道有這一番經過。看了夏先生的那篇短文，有幾點不十分同意夏先生的意見，因此不揣冒昧提出來討論討論。

本來諾貝爾獎（此處所言以文學獎爲主），應該算西方社會的一種獎金，重點在西方而不在東方。但由於該獎金委員會對選擇獲獎人一向比較嚴肅與公正，遂奠定了其在西方國家的聲威，而逐漸在世人的心目中形成一種最高的榮譽。後來其文學獎頒獎的範圍兼及印度、日本及拉丁美洲國家，遂給人一種世界性的感覺。當然諾貝爾獎金委員會的成員們，也以此獎金爲世界性而自居。不過，實際上，其委員會中既沒有東方國家之成員，要想打破其本身的障蔽而成爲名副其實的世界性，非常困難。最大的障蔽自然來自文化與語言。北歐人最能領略的外國語言是法語與英語，其次是俄語、德語，對東方語言，雖然出了個高本漢，隔膜仍然至深。泰戈爾的詩如不是用英文所寫，他們定難以領略，川端康成的小說如不曾譯成西方的語言，也必難引起他們的注意。文化與語言，可以說一物之兩面。北歐人既不通東方語言，就很難體會出東方文化之精髓。因此孔學、佛教、回教等文化系統均在北歐人可以領略的文化系統之外，在這些文化系統中之作家被忽略並非是什麼意外的事。

其次，西方人的現實主義使其對一國的國勢非常重視。代表一國國勢的不外乎經濟發展與軍備。如果一個經濟發達而又軍備充實的國家，不曾引起諾貝爾獎金委員會的注意可說是一件奇事。相反的，一個積弱不振的國家，如居然能夠獲得諾貝爾獎金委員會的青睞，也是一件奇事。基於此，如果中國的人民公社在經濟發展上獲得成就，多有幾次核子爆炸和衛星上天，獲諾貝爾文學獎只是時間的問題而已。所謂時間的問題者，總要找一個過得去的、同時又是國際知名的作家，藉以使獎金委員會的委員們心安而理得。要是魯迅晚死二十年，大概可以在川端氏以前得獎。可惜魯活著的時候，中國的國勢不振，不管魯迅在文學上有多大的成就，魯迅的作品曾經翻成多少種外國文字，都無濟於事。

如果拋開東西方語言文化的隔閡不談，只就西方國家而論，諾貝爾文學獎確是有其應得的榮譽與威望。雖然諾貝爾文學獎不曾頒給西方所有有大成就的文學作家，但獲獎的作者在文學的造詣上均達到了相當的水平，卻是公認的事實。從歷屆獲獎者的名單上看來，一個作家獲獎的理由，最重要的還是他們的作品所代表的時代意義，也可以說時代精神。本來評價一個作家的標準很多，其作品的時代精神可能只是評價的標準之一。但諾貝爾文學獎金委員會似乎特別看重這一個標準，所以過世與過時的作家都不能得獎就是這個原因。

就作品的時代意義而論，不但巴金與茅盾的作品已成歷史的陳跡，就是姜貴所表現的時代意義也已成爲過去。夏志清先生所最欣賞的當代中國作家張愛玲女士，不管她的文學技巧多麼高明，其作品從來就不曾有過什麼時代意義，是與時代脫節的塔裏的女人。從這一點而論，恐怕與諾貝爾獎更是無緣的人。幸而巴金不曾獲獎，如果居然獲獎的話，眞會教人莫名其妙。我看不出巴金所「代表的三、四十年代富於革命精神、反抗強權、舊禮教的人道主義」，對七十年代的中國人或對其他國家的人們有什麼了不起的時代意義。我也看不出爲什麼到了七十年代世人忽然有必要來重視這個三十年代的「光榮傳統」？如說是爲了反抗中國現代的文藝政策，但巴金又沒有寫過像索忍尼辛一類的反抗性的作品。把過去的反抗精神搬到現代，時代既不同，對象也大異，這種「反抗精神」，不知還有多少「反抗」的意義在內？

就巴金與茅盾的作品而論，我倒很同意夏先生的看法，認爲《家》與《子夜》都不是二人的代表作。《家》不管內容與技巧都很幼稚；《子夜》也只有部分的成功，是一部不完整而缺陷太多的作品。巴金的《寒夜》寫得很好，我也覺得不但人物眞實動人，結構也嚴謹；只可惜主題狹隘，不易引起大多數人的共鳴。換一句話說，也就是時代意義不濃，或者說沒有什麼時代精神。至於茅盾，我覺得他的佳作在短篇而不在長篇，長篇中不易找出一部所謂的「代表作」。就作品的完整性而論，老舍的《駱駝祥子》與姜貴《旋風》都在巴金與茅盾的作品之上。但可惜一個已成古人，另一個又遠落在時代之後。按理，老舍在五十年代應該有獲獎的希望，不幸全叫**Evan King**害了他。《駱駝祥子》的英文譯本經過這位老「王」自作聰明地改頭換面之後，成了一部俗氣十足的悲喜劇，原作悲劇的氣氛、高雅的格調與對人生意義的理解全被破壞無遺。以後的法譯本和德譯本都是照此英譯本轉譯。只要有一位諾貝爾獎金委員會的委員看過不管是英譯、法譯還是德譯本，保管把老舍打入冷宮，永不考慮。這也是語言障蔽之害。

我不能不同意夏先生所說「近二十年來，台灣文學要比中共文學強了不知多少倍」。我覺得兩邊的社會環境不同，但各有人才。台灣的朱西甯是很好的作家，但我卻更欣賞年輕一輩的黃春明與王文興。後二者年紀雖輕，但作品不幼稚。不但在寫作技巧上都有獨到之處，而其作品很有時代的精神。台灣要想推薦諾貝爾獎金候選人，實應推薦這一類的年輕作家。若一味只知抬出一些老沒了牙的朽木，只有爲人製造笑掉大牙的材料。

中國的文藝政策，雖然有人覺得有教條主義的色彩，但卻並不曾埋沒所有有才能的文學作家。早期的如丁玲與趙樹理都是在文藝政策之下從事寫作的，但都有相當成功的作品出現。最近的浩然更是一個不可多得的好作家。他的長篇巨構《艷陽天》，雖然在主題上及對某些人物的塑造上有其缺憾，但卻是一部劃時代的作品。在中國文學史上誰有過這般有力的濃縮的技巧，利用空間與人物的活動使時間膨脹到最大的限度？同時浩然對於北方農村語言的熟悉與運用，也遠超過五四以來的任何作家。可惜浩然的第二部巨構《金光大道》已出版的前一部分頗令人失望。所以令人失望的原因很多，此處無暇討論。但浩然年紀尚輕，不能說以後沒有更好的作品出現。其實就憑《艷陽天》的成績，也未嘗不可以獲得一項諾貝爾文學獎。只可惜等《艷陽天》有了外文譯文，等北歐人知道了有浩某之存在，浩然的時代也將成了過去。

《艷陽天》的時代意義，也就是農業合作化及人民公社的時代意義。書中生動地描寫了一群生氣勃勃的貧下中農爲維護集體利益所付出的犧牲與奮鬥。從人民公社成立起，到了十七年以後的今天，不管遭遇到國內外多少人的詛咒與反抗，人民公社仍然挺立著，而且愈來愈形健康的發展著。時至今日，如果仍有人看不出人民公社對中國經濟與社會發展的重要性，仍有人看不出其對全世界未來發展的意義與作用，那只有說此人是一個自願把自己禁錮在象牙之塔內對世事不聞不問的大隱士。如果說北歐人因爲其自身的社會爲自由經濟與個人主義，而不能欣賞表揚集體主義精神的作品，那可見其障蔽之處尙不止文化與語言而已！

說到底，諾貝爾文學獎是西方社會的產物。東方人雖然不必拒絕或杯葛，但大可不必予以特別重視。東方有東方的文學傳統，東方有東方的特殊語言與表達方式。東方的文學有其獨立性，而不是西方文學的附庸。如果我們發現了好的作家，讓我們自己來鼓掌喝彩吧！爲什麼一定要跟在西方人屁股後頭叫好呢？難道說不經西方人認可的作家，我們就沒有勇氣稱其爲大作家嗎？

注：此文寫於一九七五年，我正在研究中國大陸的「人民公社」，未免爲當時的資料所蔽，對「人民公社」有些不當的溢美之言。

原載一九七五年十二月香港《南北極》雜誌第六十七期

建議設立一個東方的諾貝爾文學獎

根據流傳在德國法蘭克福（Frankfurt）書展上的一個謠言，說是今年的諾貝爾文學獎本決定頒給義大利的小說家卡爾維諾（Italo Calvino）的，誰知卡爾維諾上月突然逝世，才輪到了排名第二的克勞岱・西蒙（Claude Simon）。因此今年文學獎的發布遲了一星期。

自從一九六四年沙特拒絕了諾貝爾文學獎之後，瑞典的負責評審文學獎的委員們似乎憋了一口氣，二十年中沒有再頒給任何其他法國的作家。前年，據說克勞岱・西蒙也已經進入前幾名，但居然讓不十分出色的英國小說家高定（William Golding）給壓下去，使法國人頗不服氣。法國本是文學上的大國，而沙特所激起來的那口氣經過二十年的消化也該平息了，今年的文學獎再輪到法國作家，歐洲人都覺得相當心平氣和。

其實諾貝爾文學獎是否公平，早就是眾人爭議的一個問題。一般的看法，都認爲並不十分公平，而且名義上的文學常常夾纏了政治因素在內。特別不公平的，在我們東方人看來，是因爲諾貝爾文學獎是一個以歐洲爲中心的獎，評審委員們先天上便受到了語言與文化的局限。其他地區的傑出文學作品如不先譯成歐洲通用的語言，特別是英、法兩語，評審委員們連看也看不懂。如果譯文有問題，同樣也會影響評審委員的觀感。今日坐在瑞典皇家學院諾貝爾文學獎評議會中的成員們，對文學的見解不一定比你我更爲高明，所挾帶的政治、種族以及文化的成見，也並不一定少於你我，期望其在全世界的作家中做出完全公正的甄選，何可得也？

瑞典的漢學教授馬悅然（Göran Malmquivst）據說也進入了諾貝爾文學獎的評審委員會，也許將來中國作家有被提名的希望了。馬教授因爲在倫敦有一所房子，時常來此小住，我們頗有見面的機會，也曾談論到中國作家中有哪幾位值得提名的問題。當然馬悅然時常去大陸，而從未去過台灣，眼光不免完全放在大陸的作家上，甚至於對台灣作家的姓名所知也不多。他說他對大陸年輕一輩的詩人北島很有興趣。其實說起來，台灣有好多位詩人的成就應該是超過北島之上的，不過因爲北島是屬於反叛的一派，容易引起人們的注意罷了。我也提出了台灣幾位傑出的作家，請他留意，但並不保險他聽得進耳去。人都有自己研究的範圍，馬悅然是研究詩的，當然特別注意詩人。過去他非常欣賞四川一位沒沒無聞的詩人楊吉甫，在每次他給我的信上都引一句這位詩人的詩做爲結語。後來他並且替這位詩人出版了一本瑞典文的詩集，但可惜此人已去世了。

諾貝爾文學獎所以如此引人注目，第一是獎金多，一次獲獎，足可維持半生，甚至一生的生活；第二是在歐美的文學圈子中還算是比較公平的。雖然會遺漏了某些傑出的作家，但獲獎的作家卻必有一定的程度，少有濫竽充數的情形。

然而對文化與歐美大異其趣的東方來說，諾貝爾文學獎的評審標準和角度，就不一定十分合東方人的口味，其實目前東方各國各自也有不少文學獎，只是尚沒有國際性的文學獎而已。我倒覺得東方深受中國文化和語言文字影響的國家，像日本、韓國，再加上以中國文化和中國人爲主體的地區，不妨聯合起來，共同設立一個亞太文學獎，就如亞太影展一樣，不但可以促進這幾個地區間的文化交流（因爲已有經濟合作），而且可以補諾貝爾文學獎之不足。當然這樣的一個文學獎，應該絕對嚴肅公正，不應夾纏政治或經濟的因素，而且獎金的數額至少也要有諾貝爾獎的半數才行。

只是，得先等待一位東方的諾貝爾把這筆基金籌積或損獻出來！

原刊一九八五年十一月十三日《聯合報副刊》

榮譽與幸運

諾貝爾文學獎所給予中國作家的夢魘

諾貝爾獎攜其歷史傳統的權威性、公信力、實質的巨額獎金，以及至少在白人心目中不限國籍及族群的視野，仍然是今日世界上最受崇敬的獎項。縱然像美國這樣富裕強大的國家，具有數量眾多的富豪和領導群倫的野心，至今也沒有創立一個可以與諾貝爾獎媲美的世界性的獎項。

近二十年來，物理及化學等科學學門，獲得諾貝爾獎的中國人已有五、六人之多，唯獨文學獎與中國作家無緣。百年來的諾貝爾文學獎，在已獲獎的九十三位各國作家中有一位印度人、兩位日本人，偏偏沒有人口佔世界首位的中國人！有人覺得是瑞典人對中國人的歧視，有人坦承五四新文學運動以來還沒有產生眞正偉大的作品，當然也還沒有有份量的作家出現。然而，什麼才算偉大的作品？

有多重的份量才算足夠的份量？並沒有一定的標準。文學，正像任何人類創造的藝術，無法十全十美，何況各人的欣賞口味不同，要想建立一種放之四海而皆準的美學標尺，是不可能的事。以前榮獲諾貝爾文學獎的作家又有多少份量呢？讓我們舉幾個例子看看。譬如說跟中國最有關連的美國小說家賽珍珠（Pearl Buck），在很多評論家的眼中，並非特別傑出的作家，但是她得過諾貝爾文學獎。今日公認最優秀的英語作家像喬哀斯（James Joyce）、勞倫斯（D. H. Lawrence）、吳爾芙（Virginia Woolf）等，都與諾貝爾文學獎無緣；而二流的英國作家高定（William Golding）卻偏偏得獎。美國的劇作家阿瑟・米勒（Arthur Miller）和威廉斯（Tennessee Williams）在二十世紀的舞台上成就不凡，也都沒有受到諾貝爾文學獎的青睞，反倒鮮爲人知的義大利的演員劇作家達利歐・傅（Dario Fo）獲此殊榮。由此看來，得獎的作家倒並非一定是最傑出的，只能說是較幸運的作家而已。

中國作家之所以一直未能獲獎，說一句自我安慰的話，並非沒有夠資格的作家和作品，而是因爲中國作家少了一份幸運而已。這份幸運的先決條件，首先必須使作品成爲諾貝爾文學獎的評審委員們讀得懂的文字。在馬悅然（Göran Malmqvist）參與諾貝爾文學獎的評審委員會之前，據說外文能力都很強的諾貝爾文學獎的評審諸公，卻沒有一位讀得懂中文，所以所有的中國作家的作品必須得先有了西方主要語文的譯本，才能進入候選的名單。翻譯，是件很弔詭的事，人們常說：翻譯等於另一次創作。佳作遇到佳譯，固然相得益彰；如不幸遇到劣譯，則難免糟蹋了原作。譬如老舍的作品幾乎都有英譯本，可惜譯文太差，《駱駝祥子》的悲劇，美國人Evan King竟譯成喜劇結尾，把作者本人氣得幾乎吐血，自然難入諾貝爾文學獎評審委員之目了。如果老舍不是在一九四九年匆匆由美返國，作者與譯者可能會鬧上公堂。不幸的是後來的法譯本與德譯本均從此一不及格的英譯本而來。一九六六年老舍慘死大陸，從此與諾貝爾文學獎絕緣。

另一個幸運的先決條件是作家必須長壽，如果中年早逝，即使作品出眾，像卡夫卡（**Franz Kafka**），也來不及得獎。法國的普魯斯特（**Marcel Proust**）肯定是夠份量的作家，就憑《追憶逝水年華》（*A la recherche du temps perdu*）一書也該獲得諾貝爾獎。不幸的是這本書出版太慢了，從一九一三年出到一九二七年才全部出齊，而普魯斯特已經在一九二二年謝世了。諾貝爾獎是不頒給死人的。我國的魯迅也是如此，生前《阿Q正傳》等小說已有多種西方語言的譯本，聲名（至少在中國）如日中天，但總要給諾獎的評審諸公幾年咀嚼消化的時間才行。可是魯迅等不得，一九三六年五十五歲的英年棄世，遂成爲與諾貝爾文學獎擦身而過的一位中國作家。其後，據說沈從文也多次進入諾獎的候選名單。雖然一九四九年後沈從文被逐出大陸的文壇，不能繼續創作，但過去產量豐富，而且他的作品早在一九四七年就有金隄和裴恩（Robert Payne）的英譯（包括代表作《邊城》）出版。後來美國的金介甫（Jeffrey Kingley）又以沈從文的作品爲對象，寫了一篇博士論文，因此才獲得諾獎的評審們的賞識。特別一九八八年馬悅然進入諾獎的評審團隊後，爲了彌補過去長久忽視中國作家的缺失，也爲了發揮漢學家的作用，馬悅然肯定會爲沈從文大力護航。但不幸的是沈從文等不到九月投票的時間，那年五月就離棄了人間。

百年來諾貝爾文學獎似乎對中國作家視若無睹，特別是在印度詩人、日本小說家連連得獎之後，使中國作家又恨、又氣、又妒、又羨，可說百味雜陳，以致造成我們文學界的幾近病態的反應，我稱之謂「諾貝爾文學獎歇斯底里症候群」。發病的時間在每年九月末到十月初，發病的地點在台灣。一到諾貝爾文學獎快要揭曉的時候，各報副刊的記者、編輯就要騷動起來，四處打探得獎人的消息。一旦揭曉，各報的副刊馬上燃燒著獲獎人的生平、年表、作品介紹、訪問稿等等，餘燼數日不熄。對獲獎人的報導可說鉅細靡遺，遠遠超出西方報導的尺度。在這種極端熱情的背後，當然隱隱透露出難以掩飾的艷羨與憾恨的雙重心情。

去年我曾預言十年內一定會有中國作家獲獎：第一，因為兩岸的中國作家最近二十年人才輩出；第二，諾獎評委會中有了懂中文的人，再沒有對中國文學裝作不知的藉口了。誰知來得比我想像得還要快，只有一年的時間高行健就摘下了諾貝爾文學獎的桂冠。高行健真可說是二十世紀中國最幸運的作家了，中國人也總算沒有在二十世紀的諾貝爾文學獎中留白。下個世紀，兩岸的中國作家得獎的希望肯定更大了。

說是幸運，上文已經加以解說。但這幸運還有另一層意義，因為當前的中國作家有資格獲獎的絕非高行健一人。

年年都沒有中國作家獲獎，使身兼漢學家與諾貝爾文學獎評審委員雙重身分的馬悅然倍感壓力，一方面覺得對不起那些認真努力的中國作家，另一方面也覺得辜負了他自己漢學家的職責。二十年前他已經決定靠人不如靠己，為了使諾貝爾文學獎評委會中的諸委員以及歐美的讀者大眾認識中國的現當代文學，在「歐洲科學基金會」（The European Science Foundation）的資助下，發起編寫一部五冊（包括長篇小說、短篇小說、散文、戲劇和詩）的《中國現代文學選導論》（*A Selective Guide to Ghinese Literature*, 1900–1949, 1988–1990）。此書選進數百位作家的作品，加以介紹和評論，四九年前成名的作家大概都包括在內了。這本書用英文出版，我和倫敦大學的同事卜立德（David Pollard）都參與了撰寫的工作。

當然這還是不夠的，馬悅然更身體力行地自己動手來把他所喜歡的當代中國作家的作品直接翻譯成瑞典文，（他有得力的助手，如四川籍的馬太太及其得意門生等。）據我所知，他最早傾心的是四川萬縣詩人楊吉甫的作品，入迷到不論寫信還是爲文都忍不住引一句楊吉甫的詩做結。可惜楊吉甫短命早逝。等到大陸改革開放以後，英國的「中國研究學會」（British Association for Chinese Studies）是最早邀請大陸作家出國訪問的團體，於是像曹禺、楊憲益、唐弢、張潔、北島、古華、高行健等一個個老中青作家都成爲訪英的首批客人。這些訪英的大陸作家得以順利出訪，曾受到王蒙直接或間接的協助。王蒙本人反倒是最晚訪英的一個。馬悅然常常來倫敦，當然不會錯過機會，也就順便邀請一些他欣賞的年輕作家順路訪問瑞典，因此他認識了北島、高行健等，於是著手翻譯他們的作品。

馬悅然有他個人的口味，不能說他喜歡的作家必定高於其他尚未曾進入他眼目中的作家。其他不懂中文的瑞典評審委員，也無法不以馬悅然的馬首是瞻。據我所知，他眞正有興趣的作家似乎也只有北島、高行健、李銳，以及台灣詩人商禽等少數幾位。其他像同代的大陸小說家余華、張煒、韓少功、莫言、王安憶、賈平凹、陳忠實等個個才華橫溢，台灣的小說家像白先勇、七等生、黃春明等等，也並非沒有獲獎的資格，都還走在幸運的路程上，等待馬悅然的賞識。

誰是高行健？台灣的讀者一定覺得這個名字很陌生。大陸的讀者也是一樣，最近十年，即使在北京的文化圈子裡也很少聽到有人提起高行健這個名字。但是在一九八二到八三年，他曾在北京的戲劇界紅過一陣。他的劇作《絕對信號》與《車站》連續在北京人民藝術劇院的小劇場上演，是當時的前衛劇，吸引了一批追求新奇的年輕人，也招致了保守勢力的嚴厲批評，認爲是受了西方腐化的資本主義的惡劣影響。那一陣子他還出版了一本《現代小說技巧初探》，在文學界也激起了一陣漣漪。

一九八一年我曾到大陸的南開大學、北京大學、山東大學、南京大學和復旦大學講學，也訪問過北京的人民藝術劇院和青年藝術劇院，見到了當時不少藝文界的人士，不知爲什麼沒有遇見高行健？可能正是他以爲自己患了肺癌，在萬念俱灰的心情下跑到西南遊蕩的時期。我第一次遇到高行健是一九八五年在英國的牛津大學。那時我在倫敦大學任教，每年都會參加英國的「中國研究學會」的年會，而每年我們都會邀請一兩位中國的學者或作家參加討論。那年邀的就是高行健和另一位我忘記了姓名的學者。在開會的幾天中，我和高行健住在爬滿青藤的隔鄰房間。我送他一冊剛出版不久的《夜遊》，不想第二天一早他就來敲我的房門要告訴我他對《夜遊》的感想。他說爲了讀《夜遊》，一夜未睡，使我印象深刻。

那年在返回中國以前，在斯德哥爾摩大學（Stockholm University）教中國文學的馬悅然教授又邀他去了瑞典。一直到一九八七年他二度出國，目的地是法國，以後就留在那裡，決心做流亡作家。一九八九年的天安門事件使他對中共政權徹底失望，預備入籍法國，不再回歸了。

他既然跟大陸切斷了關係，一個用中文寫作的人，自然希望能夠出版自己的作品。大陸以外，出版中文書的地方大概也只有台灣和香港了，特別是台灣，可說是中國大陸以外出版中國文學作品的重鎮。恰巧我也在一九八七年辭去倫敦大學的教職返回台灣。除在成功大學任教外，也一度擔任《聯合文學》的總編輯。高行健便把兩份書稿付託給我，設法在台灣出版。一份書稿是短篇小說，我自然可以就近在「聯合文學出版社」給他出版，就是他在台灣出版的第一本書《給我老爺買魚竿》（一九八九）。這本書出版後不久馬悅然就譯成瑞典文了。另一份書稿是他在大陸已經出版過的劇作選。我不便利用職權再塞給「聯合文學」，便想推薦給更有財力的出版社，不想幾年下來，沒有一家出版社有此遠見，到現在仍然睡在我的抽屜裡。倒是在這中間，接到馬悅然的信，他說手中有一部高行健的長篇小說《靈山》，他看了開頭，覺得不錯，很想譯成瑞典文，苦於手稿的字跡太過潦草，希望我設法替他在台灣先行出版，然後再做翻譯。我讀了手稿後，覺得藝術性很高，但可讀性不大，是否又是一部滯銷書？推薦給誰呢？我想起聯經出版公司多年前出版我的劇作時，總經理劉國瑞先生告訴過我的話：「凡是有價值的書我們都願意出，不管銷路如何。」好了，憑這句話就推薦給聯經吧！聯經猶豫了一陣後，也許覺得退還給我太不給我面子了，於是也就勉爲出版。這本書自然沒法使聯經賺錢，但卻促成了瑞典文及法文的翻譯早日接連在歐洲出版，建立了高行健在歐洲文壇的名聲。

除了小說以外，馬悅然也根據大陸的版本翻譯過高行健的劇本，使高行健成爲擁有瑞典文翻譯最多的中國作家。不懂中文的其他諾貝爾文學獎的評審們，可以從瑞典文譯本中很容易進入高行健的世界，自然奠定了他今年獲獎的基礎。馬悅然恰巧是今年評審會的當值主席，其影響力自然不容小覷。雖然諾貝爾文學獎的評審過程一向是黑箱作業，且對外保密。我推測今年晚一個星期揭曉並非無因，恐怕正是由於意見相左，需要進行彼此說服及多次投票而拖延了時間。今年的競爭者，他國作家不計，中文作家中像巴金、王蒙、北島和李銳等都有可能列於候選的短名單中。不相上下的競爭，評審者微妙的心理因素便扮演了關鍵性的角色。巴金已是將近百歲的人瑞，可能會贏得一些同情票，但巴金肯定早就陪榜多年，如果眞能贏得多數評審委員的認同，不會等到現在。王蒙曾任中共文化部長，頒獎給他豈不等於錦上添花？北島得獎，會不會有負海峽兩岸更資深的詩人？至於李銳，以他寫中國農村的成績，絕對也佔了極大優勢，但他人在大陸，如果獲獎，會不會使中共領導太過歡欣？是不是會成爲社會主義建設的又一次勝利？考慮到中共對人民的態度，也許像高行健這樣一個流亡海外的作家更能值得世人的同情，也更能表現瑞典人不向極權及暴力低頭的姿態吧！

作爲流亡的中文作家，高行健可能最後在評審委員們的天秤上重了那麼一點點。但他的獲獎，馬悅然是最大的功臣。其他種種環境和人爲的因素都成爲促成最後結果的遠因。所有諾貝爾評審委員的心理因素則是促成結果的近因。雖然說中國人已到了該獲獎的時候，但在眾多有成就的中國作家中獲獎的是高行健，而非他人，不能說不是高行健的幸運了。

高行健成爲第一位獲得諾貝爾文學獎的中國作家，緩和一下我們年年期待又失望的緊張心情。不管大陸官方多麼故做冷淡，甚至於誇張地說他「反華」，將來的文學史也不能遺忘這樣的榮耀。

高行健獲獎的代表作是《靈山》，但在此書之前，他在台灣已經出版了一本短篇小說集《給我老爺買魚竿》。這本書非常散文化，有些不太像小說。他自己在書的「跋」中說：「我這些小說都無意去講故事，也無所謂情節……我在這些小說中不訴諸人物形象的描述……」那麼高行健認爲什麼才是小說的重點呢？他說：「我以爲小說這門語言的藝術歸根結柢是語言的實現，而非對現實的模寫。小說之所以有趣，因爲用語言居然也能喚起讀者眞切的感受。」

至於《靈山》，高行健曾告訴過我他寫作是書的背景。在他赴英訪問以前，他還在北京人民藝術劇院擔任編劇的時候，一天忽然覺得胸部疼痛，到醫院一檢查，不得了，原來得了肺癌，而且到了末期，醫生說大概還有三個月到半年可活了。一聽之下，高行健嚇得目瞪口呆。在死亡的威脅下，高行健丟下了工作和家人，背起一隻旅行袋獨自出發到大西南的深山大川去無目的地漫遊，以便任性地度過人生最後的一段寶貴光陰。這樣遊蕩了幾個月，目睹了好山好水好風光，接觸了一些村野的鄉民，認識了不少奇風異俗，沉思了有關生死的種種問題，並沒有像醫生警告的那樣倒下去。回到北京，再去檢查，肺癌的陰影居然不見了，竟然不藥而癒。於是他寫了劇作《野人》和小說《靈山》。《靈山》是一部以語言見長的書，我曾在書的「序言」中說：「在這部可以稱做是『尋根』的巨大架構中，高行健有意擺脫了傳統的編織情節和塑造人物的累贅，把所有的力量都灌注在語言的實現上，使語言澄澈如高山的澗流，直接呈現出敘述者的心象。」一般專喜看情節和人物的讀者，可能會不得其門而入。

自從在法國定居之後，高行健創作源源不絕。戲劇、小說、散文、評論，無不染指。有一次我們談到寫作的方式，他說他經常使用錄音機，先對著錄音機口說，然後再將所錄的內容謄寫下來。他勸我不妨也試試這個法子。我試過，一對著錄音機說話，就文思涸竭，我已經習慣通過手指來思考，不論是寫在稿紙上，還是輸入電腦。因此我沒有他那種創作的速度。

諾貝爾文學獎揭曉以後，原來滯銷的高行健的書，在諾貝爾光環的映襯下，立刻成爲追隨時尚的讀者群搶購的對象，使聯經和聯合文學出版社馬上加工趕印，眞是意外之財。這次經驗告訴出版家們，出內容與藝術兼具的好書還是比追趕不可靠的時尚重要。

作爲一個中國現代主義的作家，高行健在小說和劇作方面都有所創新。他的作品並不容易欣賞，分析他的作品非此短文所可勝任，請讀者先讀他的短篇小說集《給我老爺買魚竿》，再讀《一個人的聖經》（聯經版）和他獲獎的代表作《靈山》，當然進入正文之前，先請讀一讀我的「序文」。對戲劇有興趣的讀者，則請讀帝教出版社出版的《高行健戲劇六種》（一九九五）。如果進一步想瞭解高行健深入的戲劇見解，請參考一九九三年高行健與筆者在香港的戲劇對談〈當代戲劇的新走向〉一文，載香港《明報月刊》第二十八卷第十二期及第二十九卷第一期（一九九三年十二月—一九九四年一月）。

高行健與台灣的淵源

今年由新地文學社主辦的「21世紀世界華文文學高峰會議」邀請了不少重量級而又年長的華文作家與會，其中最受注目的當然是頂著諾貝爾文學獎光環的高行健了。除了在原訂的台灣、中興、成功和東華四所大學的演講外，其他大學也無不以邀請到諾貝爾文學獎得主為榮，可惜時間有限，使高行健感到分身乏術。

這次會議，原始動機不過是一次老友的聚會，結果發展成一次嚴肅的文學會議，由趨近八秩高齡的老友郭楓挺身負責策劃與執行，圓滿達成任務，令人欽佩。與會的老作家都是多年的舊識，平時住在天南地北，見面不易，藉此會議，歡聚一堂，又可促膝長談，其快可知。會議期間，有些大陸來的老作家感嘆大陸當局至今不歡迎高行健回國訪問，識見未免過於偏狹。究其原因，是因為高行健與台灣走得太近，還是因為高行健對六四天安門事件的異議？沒人知道底細。事實上台灣與大陸正走上和解之路，沒理由對台灣懷抱嫉妒之心。至於六四天安門事件，大陸當局雖尚未公開認罪，至少採取遺忘的態度，不可能一意堅持認為是正確的措施。最近幾年，大陸滯留海外的知識份子，像趙毅衡已經回國任教，劉再復也回訪多次，他們當年也都曾是譴責天安門事件的人士。獨獨針對高行健進行杯葛，令人不解。

好在華人地區還有台灣、香港和新加坡，高行健可以自由往來。特別是台灣，尤其歡迎高行健來訪，因為高行健的獲獎與台灣大有關係。會議中，我在擔任高行健在台大演講的引言人時就曾提到他與台灣的淵源，又經過他本人加以補充那些我遺忘了的細節，益發覺得世間的因緣際會足以改變一個人的命運。

早在七〇年代我由加拿大轉赴英國倫敦大學任教，深以過去西方的漢學專重古典文學，忽視現當代文學為憾。那時瑞典斯提哥爾摩大學的馬悅然教授正發起編纂一套中國現代文學的導讀與評介，因此我和我的同事卜立德（David Pollard）教授都加入了馬教授編纂的行列，擔任撰寫評論的職務。在美國的夏志清教授、在法國的陳慶浩教授及金介甫（Jeffrey Kinkley）、葛浩文（Howard Goldblatt）等也都是特約撰稿人。因此馬悅然教授常來倫敦會晤。此外，我們在英國教授中國文學的同行還組織了一個學會，每年召開一次年會。為了一壯聲勢，每年的年會總會邀請一兩位華文作家或學者與會。那幾年我記得曾經邀請過曹禺、楊憲益、唐弢、張潔、古華、北島，還有高行健。高行健從一九八三年起創作了兩齣當日所謂的先鋒（前衛）戲劇，又寫了一本《現代小說技巧初探》，受到了批判，成為清污的對象，因此我們知道他的大名。邀請高行健的那一年是一九八五，開會的地點在牛津大學，我搭同事卜立德教授的車前往，順便捎帶上剛抵倫敦的高行健，那是我們的初次會晤。抵達牛津大學後，我們兩人恰恰被安排在相鄰的兩個房間。第二天一早六點鐘不到，我剛睡醒，聽到有人敲我的房門，開門一看，是高行健。他手中拿著前一日我送他的一本不久前由爾雅出版的《夜遊》，他說為了看這本書一夜未眠，早上迫不及待地要跟我談一談。我從來沒有碰到過如此熱心的讀者，一談談得連會好像也忘了去開了，這是我們訂交的開始，以後遂經常有書信往來。

馬悅然教授對中國作家非常關心，凡是參加我們學會年會的中國作家，他多半會趁機邀去斯提哥爾摩大學訪問幾天，我想高行健那年一定也去過瑞典而結識了馬悅然（我沒向他求證）。做為一位瑞典的漢學家，馬教授為將近百年的諾貝爾文學獎始終沒頒給一位中國作家而汗顏。我們有時也討論到海峽兩岸有哪些作家具有獲獎的資格，並且衷心盼望馬教授有一天能夠進入諾貝爾文學獎的評審委員會，為中國作家主持公道。不想這個期待很快就實現了，而大家都認為噤聲多年而為大陸文人和讀者遺忘的沈從文最該得獎。雖然他作品的西文翻譯不多，但有馬教授的支援，也許獲獎有望。誰知就在沈老的大名進入短名單的那年，在投票前的一個多月他竟溘然而逝，與諾獎擦肩而過了，令大家感到十分惋惜。

我於一九八七年台灣解嚴轉向民主政治後決定返台執教。剛開始在成功大學任教不久，就承瘂弦兄一力推薦，張寶琴女士親自南下邀我兼任《聯合文學》的總編輯。在盛情難卻下，勉力主編了將近兩年的雜誌，同時策劃聯文出版社的叢書。其間，我決定向大陸作家開放園地，於是蕭紅、沈從文、傅雷、汪曾祺、韓少功、古華、北島等的作品或見於叢書，或見於雜誌。當然我不會忘記高行健，他是時常通信的朋友，而且這時候他已流亡到法國。後來聽說他那時所以能夠順利出國，緣於時任文化部長的王蒙高抬貴手，如換一個部長，可能就有不同的結果了。當日傳說王蒙接任文化部長的時候，我還在香港特意發表了一封公開信，以老同學的身份呼籲，勸他婉拒這種牧羊犬的職位，最好安心做他的小說家；不然也要善待作家，千萬不要物傷其類。後來證明王蒙的表現果然不負眾望。

一九八八年我在《聯合文學》刊出了高行健的劇作《彼岸》，不久就由當時在藝術學院執教的陳玲玲搬上了舞台。翌年初又為他出版了在台的第一本短篇小說集《給我老爺買漁竿》。這本書所收短篇小說不重情節和人物性格，但是語言特傳神，頗具新意，使馬悅然產生翻譯高行健作品的興趣，以後連他的劇本也譯作了瑞典文。又過了些時候，忽然接到馬悅然一封信，信上說他手中有一部高行健的長篇小說，想譯成瑞典文，但苦於手稿字跡太過潦草，不易辨認，問我是否可以協助先在台灣出版（這封有歷史意義的信我已連同高行健的來信及其他的文友信件一起捐給了台灣文學館）。我覺得馬悅然如此認真，我怎能袖手不管？於是請他把原稿寄來。閱讀之後，覺得很有創意，只苦於篇幅太長，哪個出版社肯於投資一位在台尚未廣為人知的作家的如此巨構？這時我已離開聯合文學社，手下已無出版的方便。考慮再三，覺得還是求助於聯經出版公司的劉國瑞總經理。第一，我跟國瑞兄的交情不錯；第二，他從前出版我的書時曾經說過聯經是大公司，只要是佳作，不在乎銷路如何。因此我向聯經推薦高行健的這部巨構時，特別重述了當日國瑞兄對我說過的話。他要我把稿件送去，卻很久沒有下文。高行健已經來信催我多次，我只好去催劉國瑞總經理。他說書太厚了，又不容易讀，害怕銷不動。我用他以前說過的大話來回應：「不是只要是佳作不管銷路嗎？現在是一部佳作啊，千萬不要錯過機會！」但是我沒告訴他高行健的作品多半都譯成了瑞典文，將來說不定會得個諾貝爾文學獎什麼的。我知道我就是這麼說了他也不會相信。他於是說：「這樣吧，你來寫一篇推薦的文章，連同摘錄書裡的篇章，先在報上發表發表，怎麼樣？」我說讓我試試看吧！於是努力寫了一篇推薦的文章，懇求瘂弦兄幫忙，連同高著的一些章節在《聯合副刊》上刊出，於是這部叫作《靈山》的長篇小說終於在一九九〇年末由聯經出版了，我的那篇推薦文章，應高行健之請放在書前成為該書的序文。

這是《靈山》出版的經過。果然不出劉國瑞總經理所料，過了兩三年只賣出一百八十本，其中的五十本據高行健言還是他自己購買的。以後這本書就進入庫存，從書市上消失了。我想當時國瑞兄心中一定怪怨我讓聯經的投資拋入水中。誰知又過了不少年月，到了二〇〇〇年，忽然一聲驚雷似地高行健摘下了諾貝爾文學獎的桂冠，《靈山》正是獲獎的代表作，人們湧到各書店去搶購這本書。庫存的哪裡夠？馬上趕工加印五萬本，不旋踵又賣光，再加印五萬本。我遠在台南接到劉國瑞兄的電話，說要請我吃飯，因為我讓聯經賺了大錢和名譽。以後高行健的著作也都委給聯經公司和聯合文學社出版了。

其實獲獎前高行健曾來台多次，在台有關的活動也不少，不過那時很少有人注意罷了。一九八九年政大舉辦過一次中國當代文學國際研討會，我有一篇評論高行健《車站》的論文（英文版）發表，後來翻成中文刊在《文訊》月刊上。

一九九二年我與倫敦大學的趙毅衡教授合編兩岸新潮小說的時候，我竟把高行健的作品〈瞬間〉編入台灣作家的作品中，可見那時候我把他看成了台灣作家了。大概是一九九三年底，高行健特別來台參加聯合報和聯合文學合辦的「四十年來中國文學會議」，在會上我們都曾發表論文，他的大名和照片第一次刊在台灣的報上。那次他發表的就是以後常被人提起的「沒有主義」，我講「台灣的小劇場運動」，大會安排我們為彼此的論文講評。那年秋天我們也曾在香港巧遇，《明報月刊》特意安排過一次戲劇對談，我講過去所提的「演員劇場與作家劇場」的分別，以及我所主張的「中國現代戲劇的兩度西潮」論，他都表示同意。他則提出了「戲劇三重性」的問題。對談分兩期圖文並茂地發表在一九九三年十二月和一九九四年一月份的《明報月刊》上。一九九六年六月，中央日報社主辦「百年來中國文學之回顧」研討會，高行健再度來台，我們又都有論文發表，我再次擔任他論文的講評人。他的早期的先鋒劇作《絕對信號》，也曾悄然地為果陀劇團搬上過台北的舞台。

對高行健的獲獎，我一點都不感覺奇怪，在當代華文作家中具有小說家和劇作家雙重身份而作品份量夠沉重的人並不多見，何況有誰的作品百分之九十都被馬悅然譯成了瑞典文呢？他的獲獎一方面是實至名歸，另一方面也是因緣際會。

最重要的是高行健與台灣曾有過如此不淺的淵源，不但他離開大陸後第一本書和第一齣戲都是在台出版和演出的，他獲獎的代表作《靈山》也是台灣的出版品，台灣成了他獲獎的一大推手。我們大家也都知道，他獲獎後的第一齣按照他的理想親自導演的大戲《八月雪》，竟也是由台灣的文建會大力資助促成。高行健雖非台灣出生，也未長於台灣，可是台灣覺得分享了華人得獎的榮譽，張開雙臂予以歡迎，很有氣度。過去蘇聯政府曾經製造了兩屆諾貝爾文學獎獲獎者的惡夢，但那是政客君臨一切的時代。如今的大陸，按理說已走出強權者的陰影，為什麼至今仍不能出版高行健的作品，也嚴拒他的回訪？實在令人費解。

二〇一〇年四月二十七日

原刊二〇一〇年六月二五—二六日《聯合副刊》

文學在台灣

今日我們不讀書

有人說今日在台灣，有人寫書，有人出版書，有人賣書，有人偷書，唯獨沒有人買書！

這話說得有些言過其實，卻也並非沒有象徵意義。如今人們錢賺得越來越多，書卻看得越來越少。大家都知道台灣的大企業家、大富豪，像王永慶、蔡萬霖、許文龍，都沒有讀過多少書，但是很會經營企業，很會賺錢。如果他們曾經進入大學，讀了較多的書，也許反倒不會賺錢了。因此，有志成爲大富豪的，不敢多讀書，以免擋了未來的財路。

到過日本的人，常常看到公車上的乘客人手一卷，覺得有些奇怪，因爲在我國的公車上，聊天的有，吃零食的有，打瞌睡的有，少見有人看書。

因爲不看書，所以不買書，連帶使書架滯銷，或者根本無人製造。中上的家庭中，擺了很貴重的沙發、酒櫃、電視機、錄放影機也一應俱全，就是沒有書，連當作裝飾品擺擺樣子也不肯。

其實書價並不貴，普通一本書不過一百多元，頁數較多或專業性的書，也不過二三百元。看一次電影的票價足可買一本書；上一次卡拉ＯＫ，可以買好幾本書，在夜總會或酒吧開一瓶ＸＯ，可以買更多的書。可是，人們對於口腹之慾、耳目之慾，都盡量給予滿足，唯獨任令心靈飢渴著。

也許並沒有心靈的飢渴這一回事。在物慾盡量擴張的同時，心靈已被壓縮到微不足道的尺寸。如果沒有心靈來需要書的慰安，那麼書眞是沒有用武之地了。

也不是所有的書都被現代的國人拒之於門外，有些書大家很捨得花錢去買。譬如有一度「大家樂」熱潮的時候，薄薄的一本「明牌」祕笈賣到一兩千元，做著發財夢的頭家對此絕不吝嗇。此外，談股票經、紫微斗數的書也似乎很能獲得讀者的青睞，以致使大多數書店必須以專櫃來陳列。

但是不要忘了，我們也模仿歐美的書市，每月公布一次新書排行榜，有文學類的，也有非文學類的。一般來說在非文學類中，教人如何發財、如何成功的書容易名列前茅。在文學類中，則是文學味兒越淡的書，越有上榜的希望。譬如說採摘名人的幾句閒話，編在一起，就可以暢銷。不然，現代的「笑林廣記」也能賣錢。

《聯合報副刊》每月刊出一次「質的排行榜」，請了一批學者專家用心品評，本來用意良佳，但聽說效果不彰，上榜的書非但不能因此而暢銷，反倒因爲上「質的排行榜」，足證其曲高和寡。一般讀者好像跟學者專家賭氣一般，你們認爲好的書，我們偏偏不看！

西方的重要報紙，無不有書評、劇評、影評、藝評、樂評等評論文章，目的是告訴人民大眾什麼是好的，什麼是糟的，帶領他們走入精緻文化的領域。譬如英國小說家布爾吉斯（Antony Burgess）就兼評小說，他曾經把他爲報章雜誌所寫的書評集成一集《當代英文最佳小說評介》，其中所選全是足以傳世的精品，對讀者起到了有益的導讀作用。我國的報紙都沒有書評、藝評的文章，大概是已預知這樣的文章不會有讀者，既然不肯讀書，誰肯浪費寶貴的時間來讀書評呢？

書，本來是數千年來人類用以儲存文化菁華，爲同時代的人溝通思想、情意，爲異時代的人傳續文化香火的媒介，在任何社會中均佔有重要的地位。從竹書到紙書是一大進步。「惠施多方，其書五車。」五車的竹簡，用鉛字在紙張上印出來，不過五本。但我們可以想像古代人運書、看書之艱苦。對世界文化做出了空前的巨大貢獻。自從有了紙張和印刷，文化的傳播可說一日千里。

當然，書在人類的歷史上可能也是一個過度的事物。我們知道現代的圖書館除了保存書籍以外，也保存微卷，也就是把書中的文字以微像膠卷記錄下來。厚厚的一本書，只要小小的一卷微卷就容納下了，不會佔很大的空間。這種方法雖然節省了圖書館的空間，對閱讀卻並不方便。得要在螢幕上放大顯示出來，才可閱讀。這樣一來不但需要放大機的配備，而且很傷目力，久閱即倦，不易產生一卷在手的閱讀樂趣。所以除了特殊的資料以微卷錄製外，並不能取代書的功用。

書的眞正的危機是後現代的資訊科學的日新月異。今日的資訊有以圖像取代文字的傾向。如果有一天文化的傳播和承傳以及人與人之間思想、情意的溝通，都可用圖像來取代文字，那眞就是書的末日了。

奇特的是，在先我們進入後現代的西方，圖像迄今尙不曾取代文字，讀書的人仍然很多；而還沒有完全進入後現代的我們，卻已經過分依賴電影、電視的圖像，而鄙棄書上的文字了！在這方面，我們也算走在了時代的尖端！

有一位經營出版社的朋友告訴我，他近年出版的書，除了少數的幾本可以繼續銷售外，大多數的書幾年來都無人問津，佔用了倉庫的空間，很不符合經濟效益，所以最後只好絞成紙漿，拿去造再生紙。想想看，一本書由作者絞盡腦汁的構思，再一個字、一個字地寫在稿紙上，然後經過打字或排版，再經過數次的細心校對，才到印刷廠印刷、裝釘成書。中間不知花了多少人的資金、精力和時間，最後的命運卻是絞成紙漿，實在夠令人傷心的！

爲什麼今日在台灣的中國人這麼不喜歡讀書？也不喜歡買書？爲什麼更不喜歡讀眞正對提升個人的文化程度和精神境界有益的好書？我沒有辦法回答這樣的問題！

原載一九九九年九月《幼獅文藝》第四五三期

徵文獎是否提高了文學水平？

海外的文學評論家咸認最近二十年的文學作品，台灣的作家超出大陸的作家之上。據說大陸的作家對這種論調很不服氣。他們認爲台灣禁絕了三四十年代作品，並沒有眞正繼承五四以來的中國新文學的優良傳統。繼承新文學傳統的是生活在大陸的作家，何況大陸地廣人多，優秀的作家怎會反比不上台灣？

的確大陸上沒有禁絕三四十年代的作品，但文化大革命時代給打成毒草的眞不知凡幾，人們照樣讀不到五四以來的優秀作品。大陸固然地廣人多，但寫作的人都是作家協會的會員，出版的報紙刊物，不是黨營就是國營，主題有一定的限度，表情達意有既定的規格，在這種情形下要想產生優秀的作品，那也直如在沙漠裏種稻米了！

台灣文學作品的質量所以日漸提高，因素很多；但其中有一個重要的因素正是因爲台灣的作者不必是作家協會的會員，台灣的報章雜誌也不都是公營的。最近幾年對文學創作獎助不遺餘力的都是民營報紙。中國時報和聯合報，每年都舉辦一次小說、散文、詩歌的徵文獎。自立晚報已經嘗試了兩次百萬元長篇小說贈獎，雖然至今還沒有獲獎的作品，但因此卻逼出了不少長篇小說來。

然而如回顧近二十年來的台灣文學作品，是否在各報設立徵文獎之後，作品的水準更加提高了？對這一個問題恐怕還沒有人做過詳細的調查。但如只以短篇小說爲例，據筆者粗淺的印象，多半優秀的作品反都是各報設立徵文獎以前的作品或在徵文獎以外各報章雜誌所發表的作品。

當然在徵文獎中獲獎的作品，肯定具有相當的水平，但如要說其多麼傑出，卻又未必。那麼問題何在呢？第一、既然徵文獎的目的在鼓勵發掘新進作家，已有成就的作家就不肯參加了。第二、年輕一代有才華的作家，不參加徵文時的作品，可能很敢於放開筆鋒表達一己的個性；但一參加起徵文來，就不能不設法投評審委員之所好。每年的評審委員常常都是固定的一些人，而這些人又代表了不同的評鑑傾向。應徵的人一方面要猜測各評審的口味和標準，另一方面要設法減少作品中太過個性化的傾向，務必使應徵的作品在形式和內容上都四平八穩，以便在評審委員爭執不下時可以成爲妥協的黑馬。第三、這幾年似乎冒出了一批專門為徵文而寫作的作家。寫作的目的即為徵文，因此在形式和內容上則做出專業式的精心設計，以便符合各評審共同可以接受的標準。長此以往，很可能會形成一種新形式的文學八股。

以上這些現象，有心人一定會看到了。各民營報紙已經對今日台灣的文學做出了可貴的貢獻。但徵文的方式是否能夠繼續提高文學的水平，卻已到了應該檢討的時刻。

原刊一九八五年三月五《中國時報・人間》

我們也需要駐校作家

文學創作、文學批評與文學理論，在今日看來似乎是三腳鼎立的情勢，其實並非真正的三腳，因為批評總含有理論，而理論常源於批評，因此嚴格地說應該是創作與批評的二元對立。在文學創作與批評之間，永遠存在著一種緊張的關係，因為作家一面期待批評家的鑑賞，一面又厭惡批評家刻薄，如果批評家踩了作家的痛腳的話。過去有人說文學批評家不過是寄生在作家身上的蝨子，以吸取作家的血液為生。實在說，如果沒有作家，批評家焉有用武之地？又說第一流的人才從事創作，無能創作的人才來從事文學批評，所以文學批評家充其量只能算二、三流的人才。這些話在上個世紀的確有相當的真實性，那時候創作者名家輩出，批評家卻不多麼精彩。但在二十世紀卻不盡然，二十世紀輪到批評家與理論家來大展身手，像艾略特（T. S. Eliot）、拉岡（Jacques Lacan）、勒維史陀（Claude Levi-Strauss）、雅克愼（Roman Jacpbson）、戴希達（Jacques Derrida）、福科（Michel Foucault）、羅蘭巴特（Roland Barthes）、惹耐特（Gérard Genettes）、陶陀羅夫（Tzvetan Dodorov）等，可說各領風騷，作家反倒不得不在批評家的指揮棒下起舞了。

這種變革，與二十世紀學院的興起有莫大的關係。我國的現代教育學制主要接受了西方學院的影響，西方的學院也不過從上世紀末及本世紀初才真正建立起學術研究的規模。學院既然以作高深的研究為目的，那麼文學的研究（包括批評和理論）自然堂而皇之地進入學院的殿堂，而文學創作不與焉。社會中的領導菁英既然多半來自學院的育成，學院便自然而然地取得崇高的社會地位。今日的學位猶如曩昔的科舉，是青年菁英競相獵取的獵物。在社會中固然以高學位相標榜，如想進入學院的殿堂則更非高學位莫辦。在這樣的潮流風氣導引之下，第一流的人才何去何從不言而喻了。

研究，主要取決於理性的思考，所以二十世紀可說是一個理性的時代。對人類的文明，特別是有關於人類的和平共處，理性的思考多所貢獻，然而也就因此不可避免地多多少少壓抑了感性的創造。感性的偏枯對人類的創造力總產生不良的影響，就長遠的發展而論並非善事。在文學的領域，中外的學院並不重視創作，設有文學創作系科的學府可說絕無僅有。依憑創作謀取學位或謀取教職，也幾乎是不可能的事。即使魯迅再世，也勢必無法以《吶喊》或《徬徨》在學院中謀取教職，但是研究魯迅的專家卻可盤據教授的高位。這豈不等於鼓勵解析，而蔑視創作乎？

文學創作，與其他藝術創作一樣，都出於人類自動自發的原始衝動，不會因為不受重視而消形斂跡。在西方，有些作家仍能揚名立萬。一書暢銷，固然可以保證半世，甚或一生衣食無慮，但這樣的幸運兒畢竟是少數，大多數有志從事創作的人，如果一味堅持不移，則難免有喝西北風之虞。在我國，即使多書暢銷，也難望維持數年生計，寫作只可作為副業，專業作家可說鳳毛麟角。相反的，取得文學研究學位的批評家，卻大都可以保障一世的衣食。最近的一個例子足以說明。大家都公認才情橫溢的小說家張愛玲女士離開大陸來到香港，多時徘徊在香港的英文大學和中文大學的門牆之外，不得其門而入。不得已隻身赴美，不幸又嫁給了美國的二流作家，越發與學院無緣了。雖有夏志清教授的大力推薦，也不過謀得一些學院周邊的臨時工作，餬口而已。此例表明過去批評家容或有寄生之譏，今日的作家卻不得不靠批評家的提攜。

不管是努力多年而不遇的作家，還是初出茅廬的新銳，一經名家（批評的名家）品彈，立刻身價百倍。仍以張愛玲女士為例。六〇年代前，很少讀者接觸過張氏的作品，大陸出版的現當代文學史甚至從不提張氏的姓名。但是自從夏志清氏的*History of Modern Chinese Fiction*出版以後，由於夏氏對張愛玲的破格譽揚，給予張氏專章處理與魯迅並列的殊榮，不旋踵張愛玲的作品在海外已洛陽紙貴矣。如今連大陸的文評家也不得不對張愛玲刮目相看。此外，歷年的諾貝爾文學獎得主，除了靠自己的實力外，也不能不靠文評家的譽揚，否則他們的聲名難以到達諾貝爾文學評獎審委員之耳。如果是西方主要語言以外的地區，更要依賴優秀的翻譯，而優秀的翻譯常常出之於文評家之手，蓋職業譯家難有像文評家一般的錦心繡口也。

如說二十世紀中創作未受到學院的重視也不盡然，作曲家、演奏家、畫家等的培育似乎仍在專業教育學院之中，雖然一般的大學可能沒有相當的系所。唯獨文學創作是一個例外，一般大學不管，專業教育也不問，留給作家實習生去進行自我教育，自我陶練，難怪作家無法跟文評家在社會上作公平的競爭了。這種現象是否說明我們更需要作品的解析者，不需要作品的創造者呢？恐怕這也不盡然是學院教育的初衷吧？

鑑於文學上理性與感性的失衡現象，西方有些大學早已開始增設駐校作家，以便把長久排斥在學院之外的優秀創作者請進學院之內，雖然在體制上一時無法納入編制，在待遇上倒可比照教授、副教授或講師的等級，目的除了把文學創作引進學府外，也給予作家相當於文評家一般的生活保障，免得遭受書不暢銷時失炊之苦。

我們雖然總是後知後覺，在世紀末的此刻倒也看到了文學上這種理性與感性失衡的現象。先是中央大學首開駐校作家之例，後來台北師大、成功大學、東華大學等相繼跟上，使文學院的師生在理性的解析之外，有幸重燃感性的創造的火炬，受益的將不限於文學院的學子，整體社會也將蒙受其利。

也許下一個世紀作家又可恢復昔日的光輝，不讓文評家獨領二十一世紀的風騷！

一九九八年十一月六日

原載一九九八年十二月《文訊》一五八期

文學的原鄉

最近幾年文學創作雖然每下愈況，各種各樣的文學獎卻急遽增加。

過去主要的全國性的文學獎只有國家文藝獎、教育部文學獎、吳三連文藝獎、兩大報的文學獎、《聯合文學》的小說新人獎、《明道文藝》學生文學獎，以及少數大學自辦的文學獎，例如成功大學的「鳳凰樹文學獎」等。當時覺得相對於寫作的人口，文學獎的數目偏低，文學獎的金額也不算高，恐怕起不到鼓勵的作用。不想不到幾年的時光，不但各縣市、各大學幾乎都設立了文學獎，而且在文建會的支援下又設立了一個全國性的大專學生文學獎和台灣文學獎。以一個愛好文學的大專生而論，他可以參加而有獲獎希望的文學獎，除了兩個大專學生文學獎和自己就讀的學校及有關縣市（不只一個縣市，因爲所有縣市似乎都從寬認定）的文學獎外，他還可以參加《聯合文學》小說新人獎、教育部文學獎、台灣文學獎，以及兩大報的文學獎，如果他的實力夠的話。

根據自己這些年擔任評審的經驗，以最近的兩三年而論，各種獎參選作品的水準，似乎並沒有在如此的鼓勵下相對提高，反倒有低落的現象。這是什麼原因呢？我嘗試分析其中的原委。

文學本來是一種心靈的事業，愛好文學的青少年一面因爲天生具有這種心靈的傾向，一面也受到某些過去的文學大家的心靈感召，而走上文學創作的道路，殊無以此謀利的打算。在我國的文學傳統中沒有以文學謀生的前例。但是在資本主義的社會中情形有些改變，各行各業都可以做爲謀生的手段，沒有理由從事心靈工作的人不可以從社會的資產中分一杯羹。而且在資本主義理性思維的主導下，一個人成就的大小與其經濟的利益應該成正比。因此在西方老牌的資本主義國家中，不但文藝獎的獎額很高，而且一張名畫的價格或一部暢銷書的版稅都高得驚人。因此一個成名的藝術家或作家，可以保證生活無慮。這可以說是資本主義所表現的社會正義。但是不要忘了，有更多未成名的藝術家和作家忍受著貧窮的煎熬。他們當然也不是不期望有一天可以名成利就。但是在這一天到來之前，或自知永無到來之日，有些文學、藝術的耕耘者仍然安貧樂道，不改初衷，爲了什麼呢？只有一種解釋：爲了心靈的豐盛而寧願割捨物質的享有！他們形成物欲蒸騰的資本主義社會中的一股清流。

從這裏看來，獻身於文學、藝術，原始而主要的動機是爲了心靈的滿足，而非爲了物質的擁有。理論上說文學或藝術的創作與種田、做工大爲不同，種田、做工是爲了餬口，本身的樂趣至微；從事文藝創作本身就具有某種樂趣，在創作的過程中已經獲得某種滿足，以後有無物質的報償可以不在意中。當然文學家或藝術家也要生存，從社會的功用立場言之，文學家或藝術家獲得某種報償也是應當而必要的，然而報償只是結果，而非動機。

文學獎的設立也應作如是觀。寫作者除了在創作的過程中所獲得的精神滿足外，還有物質的報償，的確會對文學創作者產生鼓舞的作用。但是這樣的鼓勵恐怕只對眞正有心寫作的人產生效用，對無意寫作的人卻不過只是一種彩票式的誘因而已。譬如有些文學獎把宗旨放在鼓勵全民寫作上，明顯地是企圖利誘那些對文學並不傾心的人。文學本來就是小眾的活動。怎麼可能全民寫作呢？人們的喜好本來不同，有人愛好運動，有人愛好音樂，有人愛好繪畫，有人愛好科學研究，有人愛好邏輯思維，有人愛好悠遊於山水之間，還有人愛好賭博，有人愛好尋花問柳，有人愛好坐著發呆等等，這本是一個正常社會的正常現象，沒有理由強迫沒有一點文學細胞的人去寫作！毛澤東在世的時候曾大力提倡工農兵文藝，提倡全民寫詩，結果呢，可有偉大的文學作品遺留下來？可曾產生幾位偉大的詩人？可見全民寫作不但產生不了偉大的作品，反倒打壓了眞正有才華的作者，在平庸大眾的口味壓抑下使他們失去了突顯自我的可能。太多的文學獎也可能產生類似的副作用，因爲過多的獲獎的機會使那些對文學毫無興趣的人也見獵心喜，純爲了得獎而寫，而抄，而不擇手段。這恐怕並非提高文學水平的有效方針。相對於文學寫作的人口，目前的文學獎已經夠多了，已足以使有志寫作的青年可以受到鼓勵。再多的文學獎恐怕只會誘發那些本無意於文學者的利慾之心，而對文學創作水平的提高不會產生實質的效用。

另一方面，如今文學獎的數目雖然很多，但是沒有一個大獎使眞正有成就的作家一次獲獎之後生活上即再無後顧之憂，像諾貝爾文學獎的獎額（或如法國的龔固爾文學獎、英國的booker獎，獎額雖少，帶來的版稅卻非常可觀）。以目前台灣的生活指數而論，實在應有一兩個獎其獎額使獲獎者最少可以在台北購買一家中型的公寓。如此，以財富誇人的台灣也算沒有虧待一向清風明月的作家了。

有獎無獎，或獎額多寡，並不能影響眞正傾心於文學的人士的創作生涯。曹雪芹十年困苦黃葉村，當然並非出於任何獎項的誘因。一個作家追尋的是文學的原鄉。從社會功用而言，文學自然可爲民喉舌，也可以做爲捍衛家國、捍衛族群、捍衛公道與正義的利器，甚至被人用作政黨或利益集團的宣傳工具，或營利發財的商品。但這些都不是文學的原鄉！文學的原鄉在哪裏呢？文學的原鄉歷代文論家早有認定：在眞情的流洩，在心靈的愉悅，在精神的昇華。一個傾心文學的人，必定視文學爲終生的志業，悠遊其中自覺是一種至高的享受，不爲威武所屈，不爲貧賤所移，物質的報償與我何有哉！

原載一九九九年八月《文訊》雜誌一六六期

書市的排擠效應與文學出版的困境

目前國內的書店經營越來越走巨型超市的道路，像金石堂、誠品等書店規模都十分龐大，也越來越像倫敦、巴黎、紐約的大書店了。這種趨向當然不只書市有，百貨、生鮮業也是如此，因爲現代人人都有快速交通工具代步，不怕距離遙遠，只求一次可以把需要的貨品都買齊全。

書店也要貨品齊全，以便滿足各種不同需要的讀者，書店除了書以外，連文具、玩具、運動服裝都要代賣，甚至還有茶座、餐廳，供應顧客的飲食。就說書籍一項，過去多半都是文史一類的書，現在文史的書所占的空間越來越小了，大幅的空間被科技的書、音樂的書、美術的書、旅遊的書、運動的書、飲食的書、園藝的書、汽車的書、電腦的書、兒童的書、財經、股市的書、星象、命理、風水等等五花八門在過去想不到會成爲書的出版物盤踞著。找一本文學的書還眞難！你必須穿過這種種封面花哨的書櫃，然後你看見的是社會科學，有政治啦、法律啦、社會學啦、人類學啦、心理學啦的書山書海，等你一眼撩到哲學或歷史，那就比較近了，然後你在書店較遠的一個角落終於發現「文學」兩個字。但是你不要高興得太早，雖然文學相對別的出版物所占的空間較小，但是仍然比一個傳統的小書店要大。其中仍然分門別類，有小說、戲劇、詩歌、文學理論與批評等等。通常小說佔的地盤最大，可以比其他的文類大出十幾甚至幾十倍。碰到暢銷的作家，像金庸的武俠、倪匡的推理、高陽的歷史、瓊瑤的愛情等，他們的書可能就佔了好幾個書櫃。譬如說你要找一個冷僻的作家的一本冷僻的作品，你按著名作家的姓氏筆畫順序一個書櫃一個書櫃地看下去，眼珠子都要掉出來了，仍然找不到。最後你不得不失望地去尋求協助。你回到服務台，把作者和書名告訴服務人員，請他告訴你書在哪裏。服務人員倒是立刻很熱心地在電腦上敲敲打打一陣，最後他抬起頭來，給你一個笑臉，歉意地說：「抱歉，我們沒有這本書。」你大惑不解地問說：「你們不是貨品最齊全的超市書店嗎？怎麼連這麼普通的一本書也沒有呢？」服務員於是耐心地給你解釋：「我們進書都是電腦作業的，如果一本書買的人多，就進得多；如果一本書沒有人買，電腦上就沒有記錄了，我們當然不會想到進這本書。我們的營業全看顧客的需要，顧客需要什麼，我們就賣什麼。所以你先生可以預訂這本書，只要有人買，書自然會進來。」

這就是在民主資本主義社會通行的受到理性制約的供需制！

是的，我們目前就是生活在這麼一個被供需制操縱的社會裏。表面上看來供需制的供方實行的是一種公平的競爭，其實不然。大資本家當然有辦法以大吃小，方法是廣告宣傳和傾銷，小資本絕對抵擋不住的。如果沒有法律的限制，資本主義國家遲早是要變成大托拉斯的天下。正因爲各國多多少少有些限制資本的方策，所以大托拉斯還未到不可控制的地步。可是「排擠的效應」卻一天天顯現出來。我們僅拿書市對文學的排擠效應爲例。

文學一向是小眾的愛好，毋庸置疑。正因爲現在教育普及，生活也比較優裕，一些能看書、買得起書的人越來越多，他們不必再像過去一樣被社會上的文人菁英牽著鼻子走，一味膜拜文史。事實上並不是只有文學的書才算書，才值得讀呀！愛科技的就買科技的書嘛，愛音樂的買音樂書，愛美術的買美術書，喜歡旅遊的買旅遊書，酷愛運動的買運動的書，好吃的人買飲食的書，醉心汽車的人買有關汽車的書，以此類推……想想看在如此眾多的選擇之下，還有幾個人肯來選擇文學的書呢？難怪文學的書被排擠到大書市的一個不多麼起眼的角落裏去了。

到了文學這個領域，仍然發揮著供需的排擠效應，就像上面所舉的例子，一本無人問津過的冷門書根本進不了書市；相反的，暢銷的書越發暢銷，佔領了其他書的地盤，排擠得其他的書無立身之地。暢銷的書然而不一定是好書，正如任何暢銷的貨不一定是好貨一樣。因爲暢銷可以用詭計（俗所謂「推銷術」）達到目的。譬如，砸下大筆的宣傳費，在報紙和電視上大作廣告。或者，更直接的辦法，新書一發到書市，出版社自行買回一千冊，造成轟動暢銷的假象。電腦只統計賣出了多少，不管是怎麼賣出的，或者是誰買的。如果一本書立刻登上暢銷排行榜的第一名，還怕沒人買嗎？

看樣子，超商書市的興起，文學，特別是藝術性的「純文學」眞是無望了！

這種情形在西方早已經經驗過。在沒有辦法的時候總可以想出辦法來。抵制大書市的方法就是開設專門的小書店：譬如藝術小說專賣店、戲劇書籍專賣店、詩歌專賣店、女性主義文學專賣店、同性戀文學專賣店等等，凡是在大書市中受排擠的書類，都以專賣的方式爲少數的讀者服務。愛好文學的雖然是人口中的少數，但是只要佔據人口的一、二成，數目已經十分可觀了，足以維持很多個專賣的小書店。

大書市的興起造成了文學出版的困境，沒人再敢出版曲高和寡的文學書了，因爲出版後上不了書市的貨架。即使偶然上了，也因爲比不過受大眾青睞的暢銷書，不久就被書商退回來。要買的人想買也買不到。長此以往，沒人肯出版曲高和寡的文學書，自然會影響到寫作人的意願，看樣子在這種供需效應的排擠下，文學恐怕眞要走上絕路了。在西方，專賣書店的出現救了文學，甚至於反過來影響了大書市文學書的銷路，使大書市不敢只遵照供需原理輕易地把冷門書從書架上取下來。

當然大家都知道，要買小眾的文學書，最好還是光顧文學專賣店，正如要買精緻、品味特殊的貨品不能到超市去找一樣。可惜這種專賣店在我們台灣還沒有普遍呢！

原載一九九九年九月《文訊》雜誌一六七期

經濟危機正是文學轉機

因爲經濟的不景氣，人們不免爲文學作品的出路而悲觀了。其實這顯然杞人憂天，因爲文學常常不是安樂中的產品，而是憂患中的成果。設若屈子未曾被逐，恐無《離騷》之作；曹雪芹若未遭逢家破人亡之痛，《紅樓夢》又焉得予人血淚之感？

英國浪漫主義的詩人華茲華綏（W. Wordsworth）嘗言詩是強烈情感的自發流洩。人在平順的境遇中，恐難以產生強烈的情感，只有遭逢變故，久歷艱險，在痛定思痛之餘，才易於一洩心中的塊壘。

這是就創作的激發而論，若就書冊的銷售，當然是另一個問題。在目前市場經濟的導向下，文學是藝術，也是商品，甚至於有後者決定前者的傾向。例如姜貴算是個相當出色的小說家，只因他的作品始終不曾暢銷，不免寂寞以終。比之於姜貴相差甚遠的一些武俠、言情、推理、神怪小說，卻連連上排行榜，作者也就因此而聞名。這樣的作品既然主要訴求市場的賣點，逢到經濟不景氣時，銷路自會大受影響，有些出版社竟也因此而關門大吉。

當然經濟蕭條如果超過了一定的限度，譬如說大部分人三餐不繼，不但影響書市，而且肯定也妨礙創作，因爲作家也不得不捨筆耕而從事其他更有效的覓食之路。設若並未到如此境地，只是一些公司破產，商號倒閉，生活已現艱苦之態，尚未致路有餓殍之地，則未嘗不是對創作的一種激勵。

佳作來自生活的體驗，痛苦的時刻，則體驗自深；安樂的環境，則無體驗可言矣，故設若有天堂，則天堂的居民肯定不再經營文學、藝術。

原刊一九九〇年十一月十一日《中時晚報・文學時代》

我不爲文學擔憂

文學的市場日漸萎縮，報紙的副刊不再只刊登純文學作品，原來只出版文學作品的出版社也趕緊轉向，改爲出版實用的書，或乾脆關閉。大家都不能不爲文學的命運而擔憂。

文學的盛衰，是否決定於讀者的眾寡呢？過去大陸上很長的一段時間走的是群眾路線，文學、藝術都是爲工、農、兵而作，務必要求婦孺皆曉，看來文學是非常的大眾化。因此沒有人敢於像浪漫主義詩人似地自鳴孤高，宣稱寫作是爲了個人，或心目中不存一星半點讀者的影子。那時候也許只有一個人除外，那就是毛澤東，他可以任意揮灑，一無顧忌。他寫的舊體詩詞，不但工、農、兵參不透其中的天機，連博學如國科院院長的郭沫若也自認無能盡解。因此後來不得不在現實主義的文學中摻進浪漫主義，美其名爲「現實主義與浪漫主義相結合」，實則是由於毛澤東的自相矛盾。無論如何那時候應該算一個文學普及的時代，但是不是文學光輝的時代呢？有什麼值得傳世的傑作存留人間呢？

其實，每一個時代、每一個地區都有大眾與小眾的區別。有時是經濟的原因，有時不是。在大眾謀生餬口之不暇的地區，文學與藝術不得不流爲少數有錢有閒者的奢侈品，那是無庸置疑的事。但是在相對富裕的社會裏，就不再是經濟的原因，有時可能是由於教育，更根本的則是比較神祕的性向（或口味）的問題。以目前台灣的社會而言，幾乎人人都受過國民教育，在經濟上不信還有人買不起幾本書；即使眞有人買不起，眾多的圖書館早對人人敞開了大門，如今仍有眾多的人不肯接近書籍，不肯接近文學，豈可說是經濟或教育的原因呢？

從事寫作的人不是營利的商賈，也不是投資股票市場的投機客，不能希冀每個人都成爲你的讀者，因爲世界上有趣、有意義的事物正多，並非只有文學。每個人皆有權利與自由根據自己的性向選擇一己的愛好。有人喜歡音樂，有人喜歡美術，有人喜歡哲學，有人喜歡科學，有人喜歡運動，有人喜歡旅遊，有人喜歡賭博，有人喜歡玩電動遊戲，有人喜歡花天酒地，有人喜歡坐著發呆……。但是畢竟有一小部分人是喜歡文學的，因爲文學是最簡單的精神享受。只要一卷在手（成本最低），就可以神遊方外，通過那些才華高茂的作家的文字藝術開拓自己的人生境界，領略自己未必有的情感經驗（收穫最大）。雖然具有如此之大的實質利益，仍不能強迫大眾都成爲文學的愛好者，因爲人的性向與愛好常常是無關乎利益的，所以文學正像其他的任何藝術，是屬於小眾的，不能期望文學像米糧、豬肉、蔬果一樣成爲人人的日用必需品。

文學既是小眾的愛好，在小眾之中的大部分所喜的又是不用花太多腦筋的所謂「大眾文學」，那麼「精緻文學」便不免成爲小眾之中的小眾了。而「精緻文學」常常被視爲文學的正統，「大眾文學」不與焉。其實，眞正有所謂「精緻文學」與「大眾文學」的區別嗎？一向被視爲大眾文學的金庸的武俠小說，不是也堂而皇之地進入學術研究的殿堂了嗎？今日視爲經典著作的《水滸傳》、《紅樓夢》在初初流行的當日，不是也被認爲是不能登大雅之堂的大眾讀物嗎？所以在「精緻文學」與「大眾文學」之間是有一段足以成爲迷思的模糊地帶。而且可以大膽地預設，大眾文學的讀者很可能就是精緻文學的潛在的讀者。

精緻文學雖然是小眾中的小眾，只要在總人口中占有一定的比率，就有它一定的市場。譬如說佔總人口百分之三十中的百分之三十吧，以台灣的人口論，就有一百八十萬人了，能說少嗎？選舉起來，一百八十萬的選票，沒有一位候選人敢於忽視，那麼誰又敢忽視這麼一個數目的精緻文學的愛好者呢？前些年正當文學副刊紛紛改版，文學出版社紛紛轉向的時候，忽然冒出個情願走精緻路線的誠品書局，大家不免爲這家書店捏一把冷汗，但是十年走下來，誠品書店不但站穩了腳步，而且正在擴展業務。這足以說明小眾的力量絕不可輕忽。

如果認識到文學本屬小眾的基本性質，也就不必去提倡什麼普羅文學，把自己喜歡的東西強加在人民大眾的身上。當日那些提倡普羅文學的英雄好漢們到底是爲了使人民大眾享受到文學的美味，還是藉著文學的幌子宣傳一些連自己還弄不清楚其間利害的主義、學說以完成個人的政治野心？今日不是更加清楚地浮現在歷史的版圖上了嗎？理想的社會，是人人各好其好。有喜愛文學的，一定也有討厭文學的。一個寫作者的使命不過是爲一撮喜愛文學的小眾而服務罷了。那些以文學爲名，企圖征服所有的人民大眾，其動機委實可疑，其居心也十分可慮。

我不爲文學擔憂，正因爲我瞭解文學本屬小眾，而小眾永遠不會是零！

原載一九九九年四月《文訊》雜誌一六二期

附錄

馬森著作目錄

一、學術論著及一般評論

《莊子書錄》，台北：台灣師範大學國文研究所集刊，第二期，一九五八年。
《世說新語研究》，台北：台灣師範大學國文研究所，一九五九年。
《馬森戲劇論集》，台北：爾雅出版社，一九八五年九月。
《文化・社會・生活》，台北：圓神出版社，一九八六年一月。
《東西看》，台北：圓神出版社，一九八六年九月。
《電影・中國・夢》，台北：時報出版公司，一九八七年六月。
《中國民主政制的前途》，台北：圓神出版社，一九八八年七月。
馬森、邱燮友等著《國學常識》，台北：東大圖書公司，一九八九年九月。

《繭式文化與文化突破》，台北：聯經出版社，一九九〇年一月。
《當代戲劇》，台北：時報文化出版社，一九九一年四月。
《中國現代戲劇的兩度西潮》，台南：文化生活新知出版社，一九九一年七月。
《東方戲劇‧西方戲劇》（《馬森戲劇論集》增訂版），台南：文化生活新知出版社，一九九二年九月。
《西潮下的中國現代戲劇》（《中國現代戲劇的兩度西潮》修訂版），台北：書林出版公司，一九九四年十月
馬森、邱燮友、皮述民、楊昌年等著《二十世紀中國新文學史》，板橋：駱駝出版社，一九九七年八月。
《燦爛的星空——現當代小說的主潮》，台北：聯合文學出版社，一九九七年十一月。
《戲劇——造夢的藝術》(戲劇評論)，台北：麥田出版社，二〇〇〇年十一月。
《文學的魅惑》（文學評論），台北：麥田出版社，二〇〇二年四月。
《台灣戲劇——從現代到後現代》，台北：佛光人文社會學院，二〇〇二年六月。
《中國現代戲劇的兩度西潮》再修訂版，台北：聯合文學出版社，二〇〇六年十二月。
〈台灣實驗戲劇〉，收在張仲年主編《中國實驗戲劇》，上海人民初版社，二〇〇九年一月，頁一九二—二三五。

二、小說創作

馬森、李歐梵《康橋踏尋徐志摩的蹤徑》，台北：環宇出版社，一九七〇年。
《法國社會素描》，香港：大學生活社，一九七二年十月。
《生活在瓶中》（加收部分《法國社會素描》），台北：四季出版社，一九七八年四月。
《孤絕》，台北：聯經出版社，一九七九年九月，一九八六年五月第四版改新版。
《夜遊》，台北：爾雅出版社，一九八四年一月。
《北京的故事》，台北：時報出版公司，一九八四年五月，一九八六年七月第三版改新版。
《海鷗》，台北：爾雅出版社，一九八四年五月。
《生活在瓶中》，台北：爾雅出版社，一九八四年十一月。
《巴黎的故事》（《法國社會素描》新版），台北：爾雅出版社，一九八七年十月。
《孤絕》（加收《生活在瓶中》），北京：人民文學，一九九二年二月。
《巴黎的故事》，台南：文化生活新知出版社，一九九二年二月。
《夜遊》，台南：文化生活新知出版社，一九九二年九月。
《M的旅程》，台北：時報出版公司，一九九四年三月（紅小說二六）。
《北京的故事》，台北：時報出版公司，一九九四年四月（新版、紅小說二七）

《孤絕》，台北：麥田出版社，二〇〇〇年八月。
《夜遊》，台北：九歌出版社，二〇〇〇年十二月。
《夜遊》（典藏版）台北：九歌出版社，二〇〇四年七月十日。
《巴黎的故事》，台北：印刻出版社，二〇〇六年四月。
《生活在瓶中》，台北：印刻出版社，二〇〇六年四月。
《府城的故事》，台北：印刻出版社，二〇〇八年五月。

三、劇本創作

《西冷橋》（電影劇本），寫於一九五七年，未拍製。
《飛去的蝴蝶》（獨幕劇），寫於一九五八年，未發表。
《父親》（三幕），寫於一九五九年，未發表。
《人生的禮物》（電影劇本），寫於一九六二年，一九六三年於巴黎拍製。
《蒼蠅與蚊子》（獨幕劇），寫於一九六七年，發表於一九六八年冬《歐洲雜誌》第九期。
《一碗涼粥》（獨幕劇），寫於一九六七年，發表於一九七七年七月《現代文學》復刊第一期。
《獅子》（獨幕劇），寫於一九六八年，發表於一九六九年十二月五日《大眾日報》「戲劇專刊」。

《弱者》（一幕二場劇），寫於一九六八年，發表於一九七〇年一月七日《大眾日報》「戲劇專刊」。

《蛙戲》（獨幕劇），寫於一九六九年，發表於一九七〇年二月十四日《大眾日報》「戲劇專刊」。

《野鵓鴿》（獨幕劇），寫於一九七〇年，發表於一九七〇年三月四日《大眾日報》「戲劇專刊」。

《朝聖者》（獨幕劇），寫於一九七〇年，發表於一九七〇年四月八日《大眾日報》「戲劇專刊」。

《在大蟒的肚裡》（獨幕劇），寫於一九七二年，發表於一九七六年十二月三一四日《中國時報》「人間副刊」，並收在王友輝、郭強生主編《戲劇讀本》，台北二魚文化，頁三六六—三七九。

《花與劍》（二場劇），寫於一九七六年，未發表，收入一九七八年《馬森獨幕劇集》；並選入一九八九《中華現代文學大系》（戲劇卷壹），台北九歌出版社，頁一〇七—一三五；一九九三年十一月北京《新劇本》第六期（總第六十期）「93中國小劇場戲劇展暨國際研討會作品專號」轉載，頁十九—廿六；一九九七年英譯本收入*Contemporary*

Chinese Drama, translated by Prof. David Pollard, Hong Kong, Oxford university Press, pp. 253-374。

《馬森獨幕劇集》，台北：聯經出版社，一九七八年二月（收進《一碗涼粥》、《獅子》、《蒼蠅與蚊子》、《弱者》、《蛙戲》、《野鵓鴿》、《朝聖者》、《在大蟒的肚裡》、《花與劍》等九劇）。

《腳色》（獨幕劇），寫於一九八〇年，發表於一九八〇年十一月《幼獅文藝》三二三期「戲劇專號」。

《進城》（獨幕劇），寫於一九八二年，發表於一九八二年七月廿二日《聯合報》副刊。

《腳色》，台北：聯經出版社，一九八七年十月（《馬森獨幕劇集》增補版，增收進《腳色》、《進城》，共十一劇）。

《腳色——馬森獨幕劇集》，台北：書林出版社，一九九六年三月。

《美麗華酒女救風塵》（十二場歌劇），寫於一九九〇年，發表於一九九〇年十月《聯合文學》七二期，游昌發譜曲。

《我們都是金光黨》（十場劇），寫於一九九五年，發表於一九九六年六月《聯合文學》一四〇期。

《我們都是金光黨／美麗華酒女救風塵》，台北：書林出版社，一九九七年五月。

《陽台》（二場劇），寫於二〇〇一年，發表於二〇〇一年六月《中外文學》三十卷第一期。

《窗外風景》（四圖景），寫於二〇〇一年五月，發表於二〇〇一年七月《聯合文學》二〇一期。

《蛙戲》（十場歌舞劇），寫於二〇〇二年初，台南人劇團於二〇〇二年五月及七月在台南市、台南縣和高雄市演出六場，尚未出書。

《雞腳與鴨掌》（一齣與政治無關的政治喜劇），寫於二〇〇七年末，二〇〇九年三月發表於《印刻文學生活誌》。

《馬森戲劇精選集》（收入《窗外風景》、《陽台》、《我們都是金光黨》、《雞腳與鴨掌》、歌舞劇版《蛙戲》、話劇版《蛙戲》及徐錦成〈馬森近期戲劇〉、陳美美〈馬森「腳色理論」析論〉兩文），台北：新地文學出版社，二〇一〇年三月。

四、散文創作

《在樹林裏放風箏》，台北：爾雅出版社，一九八六年九月。

《墨西哥憶往》，台北：圓神出版社，一九八七年八月。

《墨西哥憶往》，香港：盲人協會，一九八八年（盲人點字書及錄音帶）。

《大陸啊！我的困惑》，台北：聯經出版社，一九八八年七月。
《愛的學習》，台南：文化生活新知出版社，一九九一年三月（《在樹林裏放風箏》新版）。
《馬森作品選集》，台南：台南市立文化中心，一九九五年四月。
《追尋時光的根》，台北：九歌出版社，一九九九年五月。
《東亞的泥土與歐洲的天空》，台北：聯合文學出版社，二〇〇六年九月。
《維成四紀》，台北：聯合文學出版社，二〇〇七年三月。
《旅者的心情》，上海人民出版社，二〇〇九年一月。

五、翻譯作品

馬森、熊好蘭合譯《當代最佳英文小說》導讀一（用筆名飛揚），台南：文化生活新知出版社，一九九一年七月。
馬森、熊好蘭合譯《當代最佳英文小說》導讀二（用筆名飛揚），台南：文化生活新知出版社，一九九一年十月。
《小王子》（原著：法國•聖德士修百里，譯者用筆名飛揚），台南：文化生活新知出版社，一九九一年十二月。
《小王子》，台北：聯合文學，二〇〇〇年十一月。

六、編選作品

《七十三年短篇小說選》，台北：爾雅出版社，一九八五年四月。

《樹與女——當代世界短篇小說選（第三集）》，台北：爾雅出版社，一九八八年十一月。

馬森、趙毅衡合編《潮來的時候——台灣及海外作家新潮小說選》，台南：文化生活新知出版社，一九九二年九月。

馬森、趙毅衡合編《弄潮兒——中國大陸作家新潮小說選》，台南：文化生活新知出版社，一九九二年九月。

馬森主編，「現當代名家作品精選」系列（包括胡適、魯迅、郁達夫、周作人、茅盾、丁西林、沈從文、徐志摩、丁玲、老舍、林海音、朱西甯、陳若曦、洛夫等的選集），台北：駱駝出版社，一九九八年六月。

馬森主編《中華現代文學大系一九八九—二〇〇三·小說卷》，台北：九歌出版社，二〇〇三年十月。

七、外文著作

1963 *L'Industrie cinémathographique chinoise après la sconde guèrre mondiale*（論文），

Institut des Hautes Études Cinémathographiques, Paris.

1965 "Évolution des caractères chinois"、*Sang Neuf*（Les Cahiers de l'École Alsacienne, Paris）、No.11,pp.21-24.

1968 "Lu Xun, iniciador de la literatura china moderna" ,*Estudio Orientales*, El Colegio de Mexico, Vol.III,No.3,pp.255-274.

1970 "Mao Tse-tung y la literatura:teoria y practica" , *Estudios Orientales*, Vol.V,No.1,pp.20-37.

1971 La literatura china moderna y la revolucion" , *Revista de Universitad de Mexico*, Vol. XXVI, No.1, pp.15-24.

"Problems in Teaching Chinese at El Colegio de Mexico" , *Journal of the Chinese Language Teachers Association in North America*, Vol.VI, No.1, pp.23-29.

La casa de los Liu y otros cuentos（老舍短篇小說西譯選編）、El Colegio de Mexico, Mexico, 125p.

1977 *The Rural People's Commune* 一九五八*-65: A Model of Social and Economic* Development (Dissertation of Ph.D. of Philosophy at University of British Columbia, Canada).

1979 "Water Conservancy of the Gufengtai People's Commune in Shandong" (25-28 May、

The Annual Conference of Association for Asian Studies).

1981 "Kuo-ch'ing Tu: *Li Ho* (Twayne's World Series), Boston, Twayne Publishers, 1979" , *Bulletin of SOAS*, University of London, Vol. XLIV, Part 3, pp.617-618.

"The Drowning of an Old Cat and Other Stories, by Hwang Chun-ming (translated by Howard Goldblartt), Bloomington, Indiana University Press,1980", *The China Quarterly*, 88, Dec., pp.707-08.

1982 "Jeanette L. Faurot (ed.): *Chinese fiction from Taiwan: Critical Perspectives*, Bloomington: Indiana University Press, 1980", *Bulletin of the SOAS*, Unversity of London, Vol. XLV, Part 2, pp.383-384.

"Martine Vellette-Hémery: Yuan Hongdao (1568-1610): théorie et pratique littéraires, Paris, Collège de France, Institut des Hautes Études Chinoises, 1982", Bulletin of the SOAS, Unversity of London, Vol. XLV, Part 2, p.385.

1983 "Nancy Ing (ed.): *Winter Plum: Contemporary Chinese Fiction*, Taipei, Chinese Nationals Center,1982", *The China Quarterly*, ?, pp.584-585.

1986 "*Contemporary Chinese Literature: An Anthology of Post-Mao Fiction and Poetry*, edited with an Introduction by Michael S. Duke for the Bulletin of Concerned Asian

Scholars, New York and London, M. E. Sharpe Inc., 1985", *The China Quarterly*,?, pp.51-53.

1987 "L'Ane du père Wang" , *Aujourd'hui la Chine*, No.44, pp.54-56.

1988 "Duanmu Hongliang: *The Sea of Earth*, Shanghai, Shenghuo shudian, 1938", *A Selective Guide to Chinese Literature 1900-1949*, Vol.1 The Novel, edited by Milena Dolezelova-Velingerova, E. J. Brill, Leiden • New York, KØbenhavn Köln, pp.73-74.

"Li Jieren: *Ripples on Dead Water*, Shanghai, Zhong hua shuju, 1936", *A Selective Guide to Chinese Literature 1900-1949*, Vol.1, The Novel, edited by Milena Dolezelova-Velingerova, E. J. Brill, Leiden • New York, KØbenhavn Köln, pp.116-118.

"Li Jieren: *The Great Wave*, Shanghai, Zhong hua shuju, 1937", *A Selective Guide to Chinese Literature 1900-1949*, Vol.1, The Novel, edited by Milena Dolezelova-Velingerova, E. J. Brill, Leiden • New York, KØbenhavn Köln, pp.118-121.

"Li Jieren: *The Good Family*, Shanghai, Zhonghua shuju, 1947", *A Selective Guide to Chinese Literature 1900-1949*, Vol.2, The Short Story, edited by Zbigniew Slupski, E. J. Brill, Leiden • New York, KØbenhavn Köln, pp.99-101. \

"Shi Tuo: *Sketches Gathered at My Native Place*, Shanghai, Wenhua shenghuo chu banshee, 1937", *A Selective Guide to Chinese Literature 1900-1949*, Vol.2, The Short Story, edited by Zbigniew Slupski, E. J. Brill, Leiden • New York, KØbenhavn Köln, pp.178-181

"Wang Luyan: *Selected Works by Wang Luyan*, Shanghai, Wanxiang shuwu, 1936", *A Selective Guide to Chinese Literature 1900-1949*, Vol.2, The Short Story, edited by Zbigniew Slupski, E. J. Brill, Leiden • New York, KØbenhavn Köln, pp.190-192.

1989 "Father Wang's Donkey"（translated by Michael Bullock）, *PRISM International*, Canada, Vol.27, No.2, pp.8-12.

"The Theatre of the Absurd in Mainland China: Gao Xingjian's *The Bus Stop*", *Issues & Studies*, National Chengchi University, Vol.25, No.8, pp.138-148.

1990 "The Celestial Fish"（translated by Michael Bullock）, *PRISM International*, Canada, January 一九九〇, Vol.28, No.2, pp.34-38.

"The Anguish of a Red Rose"（translated by Michael Bullock）, *MATRIX*（Toronto, Canada）, Fall 一九九〇, No.32, pp.44-48.

"Cao Yu: *Metamorphosis*, Chongqing, Wenhua shenghuo chubanshe, 1941", *A Selective Guide to Chinese Literature 1900-1949*, Vol.4, The Drama, edited by Bernd Eberstein, E.

J. Brill, Leiden • New York, KØbenhavn Köln, pp.63-65.

"Lao She and Song Zhidi: *The Nation Above All*, Shanghai Xinfeng chubanshe, 1945", *A Selective Guide to Chinese Literature 1900-1949*, Vol.4, The Drama, edited by Bernd Eberstein, E. J. Brill, Leiden • New York, KØbenhavn Köln, pp.164-167.

"Yuan Jun: *The Model Teacher for Ten Thousand Generations*, Shanghai, Wenhua shenghuo chubanshe, 1945", *A Selective Guide to Chinese Literature 1900-1949*, Vol.4, The Drama, edited by Bernd Eberstein, E. J. Brill, Leiden • New York, KØbenhavn Köln, pp.323-326.

1991 "The Theatre of the Absurd in Mainland China: Kao Hsing-chien's *The Bus Stop*" in Bih-jaw Lin（ed.）, *Post-Mao Sociopolitical Changes in Mainland China: The Literary Perspective*, Institute of International Relations, National Chengchi University, Taipei, pp.139-148.

"Thought on the Current Literary Scene", *Rendition*（A Chinese-English Translation Magazine）, Nos.35 & 36, Spring & Autumn 一九九一, pp.290-293.

1997 *Flower and Sword* (Play translated by David E. Pollard) in Martha P.Y. Cheung & C.C. Lai (ed.), *Contemporary Chinese Drama*, Hong Kong, Oxford University Press, pp.353-

374.

2001 "The Theatre of the Absurd in China: Gao Xingjian's *Bus-Stop*" in Kwok-kan Tam (ed.), *Soul of Chaos: Critical Perspectives on Gao Xingjian*, Hong Kong, The Chinese University Press, pp.77-88.

2006 二月，《中國現代演劇》（《中國現代戲劇的兩度西潮》韓文版，姜啟哲譯），首爾。

八、有關馬森著作（單篇論文不列）

龔鵬程主編：《閱讀馬森——馬森作品學術研討會論文集》，台北：聯合文學，二〇〇三年十月

石光生著：《馬森》（資深戲劇家叢書），台北：行政院文化建設委員會，二〇〇四年十二月

語言文學類　PG0472

文學筆記

作　　者／馬　森
主　　編／楊宗翰
責任編輯／孫偉迪
圖文排版／張慧雯
封面設計／陳佩蓉

發 行 人／宋政坤
法律顧問／毛國樑　律師
印製出版／秀威資訊科技股份有限公司
114台北市內湖區瑞光路76巷65號1樓
電話：+886-2-2796-3638　傳真：+886-2-2796-1377
http://www.showwe.com.tw
劃撥帳號／19563868　戶名：秀威資訊科技股份有限公司
讀者服務信箱：service@showwe.com.tw
展售門市／國家書店（松江門市）
104台北市中山區松江路209號1樓
電話：+886-2-2518-0207　傳真：+886-2-2518-0778
網路訂購／秀威網路書店：http://www.bodbooks.tw
國家網路書店：http://www.govbooks.com.tw
圖書經銷／紅螞蟻圖書有限公司
114台北市內湖區舊宗路二段121巷28、32號4樓
電話：+886-2-2795-3656　傳真：+886-2-2795-4100

2010年12月BOD一版
定價：300元

國家圖書館出版品預行編目

文學筆記 / 馬森著. -- 一版. -- 臺北市 : 秀威
資訊科技, 2010.12
面； 公分. -- (語言文學類 ; PG0472)
BOD版
ISBN 978-986-221-651-4 (平裝)

1. 現代文學 2. 文學評論

812 99020252

讀者回函卡

感謝您購買本書，為提升服務品質，請填妥以下資料，將讀者回函卡直接寄回或傳真本公司，收到您的寶貴意見後，我們會收藏記錄及檢討，謝謝！
如您需要了解本公司最新出版書目、購書優惠或企劃活動，歡迎您上網查詢或下載相關資料：http:// www.showwe.com.tw

您購買的書名：________________________________

出生日期：________年________月________日

學歷：□高中(含)以下　□大專　□研究所(含)以上

職業：□製造業　□金融業　□資訊業　□軍警　□傳播業　□自由業
□服務業　□公務員　□教職　□學生　□家管　□其它____

購書地點：□網路書店　□實體書店　□書展　□郵購　□贈閱　□其他

您從何得知本書的消息？

□網路書店　□實體書店　□網路搜尋　□電子報　□書訊　□雜誌
□傳播媒體　□親友推薦　□網站推薦　□部落格　□其他________

您對本書的評價：(請填代號　1.非常滿意　2.滿意　3.尚可　4.再改進)

封面設計____　版面編排____　內容____　文／譯筆____　價格____

讀完書後您覺得：

□很有收穫　□有收穫　□收穫不多　□沒收穫

對我們的建議：________________________________

____

____

____

請貼
郵票

11466
台北市內湖區瑞光路 76 巷 65 號 1 樓
秀威資訊科技股份有限公司 收
BOD 數位出版事業部

（請沿線對折寄回，謝謝！）

姓　　名：＿＿＿＿＿＿＿＿　年齡：＿＿＿＿　性別：□女　□男

郵遞區號：□□□□□

地　　址：＿＿＿＿＿＿＿＿＿＿＿＿＿＿＿＿

聯絡電話：(日)＿＿＿＿＿＿＿＿　(夜)＿＿＿＿＿＿＿＿

E-mail：＿＿＿＿＿＿＿＿＿＿＿＿＿＿＿＿